꽃과
눈맞춤
하다

매강 김미자
꽃 단문 에세이

행복을 전하는

꽃과
눈맞춤
하다

바른북스

경제적 이유로 부모와 떨어져 살던 유년 시절,
어린 가슴에 깊은 우물 하나 생겼다.
할머니의 사랑이 지극해도 채워지지 않던
빈 우물에 장독대 옆의 채송화를 담고,
대문간 옆에서 자라는 봉숭아와 맨드라미,
분꽃으로 채우며 그리움을 달랬다.

그토록 그립던 부모와 만나 함께 살던 사춘기,
생활고에 시달리던 젊은 엄마는 4남매보다
항상 당신 인생을 먼저 챙겨 갈등했을 때도
여학교 동산에 탐스럽게 핀 여러 종류의 장미꽃과
라일락과 아카시아 향기로 공허를 메우곤 했다.

20대 초, 동경하던 서울에 입성하여 동생들과 자취하며
직장 생활하느라 고단했지만, 분위기 좋은 직장에서
꽃을 좋아하는 직속상관 덕분에 많은 꽃을 키우며
여직원들과 어울리지 못하는 대신 꽃들과 함께했다.

결혼한 30부터 세 아이 육아와 지역 봉사 활동하면서도
베란다에 화초들을 들여놓고 정성껏 보살폈다.
어느 날부터인가 좋아서 키우던 화초들이 내게 위로의
말을 건네기 시작했다.

7남매 종가의 맏며느리, 4남매의 맏이, 3남매 엄마,
아내, 사회인으로 살면서 알게 모르게 받은 상처로
가슴앓이할 때마다 내 삶에 깊숙이 들어와 위로와
치유제가 되었던 화초들은 이제 성인이 되어 떠난
아이들 대신 행복감을 안겨준다.

베란다의 작은 정원에서 눈맞춤하며 교감한 200여 개의
화초와 들꽃, 추억 속의 꽃, 사연 있는 꽃, 꽃이 예쁜,
작은 꽃, 초록 잎이 예쁜, 구근 식물, 다육이 등,

소소한 꽃 이야기 66편은 짧은 글을 선호하는 시대에
부응하기 위해 산문시처럼 짧게 쓴 단문 수필이며,
편마다 꽃 사진을 넣어 『꽃과 눈맞춤하다』라는
이름으로 세상에 내놓는다.

꽃들의 이야기가 숨 가쁘게 달려가는 디지털 시대,
날로 건조해지는 삶의 여정에 갈증을 풀어주는
한 모금의 생수가 되었으면 하는 바람이다.

2024년 10월
매강 김미자

목차

2부 추억 속의 꽃 이야기

3부 사연 있는 꽃 이야기

4부 꽃이 예쁜 아이들

5부 작은 꽃 이야기

6부 큰 나무들의 이야기

7부 초록 잎이 예쁜 아이들

8부 다육이 이야기

9부 꽃이 아름다운 난(蘭)과 구근 식물

베란다 정원의 꽃들과 함께

1부

들꽃
이야기

가냘픈 봄맞이꽃

봄이 오는 길목에서 우연히 마주친 꽃이
눈길을 잡아끌어 쪼그리고 앉아서 한참 동안
들여다보았다.

처음 보는 꽃들은 잎도 없이 개미 다리처럼
가냘픈 줄기에 별 모양의 새하얀 꽃을 달고
매서운 바람이 버겁다는 듯 바르르 떨고 있었다.

다른 생명들은 숨죽이고 있는데 너무 일찍 나온

꽃을 보니 안쓰럽다 못해 애처로웠다.

"좀 있다 나올 일이지, 벌써 나와 수난을 겪는 거니"
혼잣말하며 자주 찾아가 눈맞춤했던 '봄맞이꽃'
이름값 하느라고 그렇게 일찍 나와 봄을 맞고
있었나 보다.

봄의 밑그림이 채색되기 전에 나와 더 돋보이고,
가녀린 꽃들이 봄바람에 하늘거리면 요정들이
춤추는 것처럼 귀엽고 예쁘다.
보석 같은 우리의 아기들처럼….

초봄에 눈여겨봐야 눈에 들어오는 봄맞이꽃은
한해살이풀로 양지바른 곳이면 전국 어디서든
'봄의 속삭임'을 보여주는 작은 풀꽃이다.

◆ 팁 Tip ◆

이름대로 봄을 맞이하는 꽃이라 일찍 피고 빨리
열매 맺기 때문에 관심을 가져야 볼 수 있다.

소담스러운 봄까치꽃

아직은 쌀쌀한데 화사한 얼굴로 해바라기하는
봄까치꽃들이 가던 길을 붙잡는다.

소담스럽게 핀 선명한 청보랏빛 꽃 앞에
앉아 눈맞춤하며 유심히 살핀다.

4개의 작은 꽃잎 속에 게 눈처럼 솟은 2개의
수술이 도드라져 보이는 작은 꽃들이 볼수록
앙증맞다.

봄의 전령처럼 '기쁜 소식'을 전하며
봄 풍경의 밑그림이 되어주는 예쁜 봄까치꽃을
누가 '큰개불알풀'이라는 이름으로 명예를
훼손하는가.

산책길과 둔덕에서 봄 내내 지치지도 않고 피고 지며
그 자리에 있음으로써 봄을 더 빛내주는 봄까치꽃처럼
그런 존재가 되고 싶다.

◆ 팁 Tip ◆

나고 자란 곳에 씨가 떨어져 해마다 꽃을 보여주며
관상용으로 씨앗을 판매하기도 한다.

벌노랑이

풀꽃들이 에워싸고 있는 산책로 둔덕
풍성한 초록 잎 사이로 고개 내밀고 있는
선명한 노랑꽃이 무슨 꽃일까 궁금하여
손전화기 검색창에 대고 사진을 찍으니
'벌노랑이' 이미지들이 뜬다.

완두콩꽃 닮은 노랑꽃은 '노랑돌콩',
백맥근(百脈根)이라 하여 갈증 해소와
허로(虛勞)를 치료하는 약재로 쓰인다는

정보다.

독특한 이름의 벌노랑이를 메모해 놓고
산책할 때마다 찾아본다.

홍자색의 살갈퀴, 광대나물꽃들과
유유상종하며 양지바른 둔덕을 물들이는
여름 풀꽃,

초록 덤불 속에서 샛노란 꽃으로
자신의 존재를 확실히 보여주고,
벌과 나비를 부르며 내게 묻는 것 같다.

자신의 정체성을 제대로 인식하고
살아왔느냐고.

◆ 팁 Tip ◆

양지바른 곳에서 자라는 여름 풀꽃으로
관심 있게 봐야 콩꽃 닮은 노랑꽃을 볼 수 있다.

자주개자리와 금계국

즐겨 찾던 반달섬 산책로에서 만난 들풀들,
무더기무더기 자라는 초록 잎이 예쁜 아이와
잎이 개망초를 닮은 아이들이 화분에 앉은 듯
긴 제방의 축대를 장식하고 있다.

엇비스듬한 시멘트 축대의 옹색한 자리에서
풍성하게 자란 아이들의 이름이 궁금하여
검색해도 아직 꽃이 피지 않아 불확실한
이름만 뜨니 호기심이 더 생긴다.

핑계 삼아 주말마다 찾아가 바닷바람을 쐬며
관찰했던 아이들은 6월이 되자 본연의 자태로
확실한 이름을 알려주었다.

바닷바람과 쏟아지는 햇살을 자양분 삼아
잘 자라고 있던 아이들은 자주개자리와
금계국이었다.

가축 사료와 약용으로 사용된다는 이름도
생소한 '자주개자리'는 커갈수록 거칠게
퍼지며 볼품은 없지만, 자줏빛 꽃이 매력이어서
'즐거운 추억'인가.

5월 중순부터 초가을까지 '상쾌한 기분'을
전하며 황금빛으로 물들이는 금계국과
척박한 환경에서도 잘 자라는 자주개자리의
보랏빛 꽃의 대비가 돋보인다.

대형 화폭에 담긴 듯 바닷가 산책로를
아름답게 수놓은 그들과 만나기 위해

반달섬에 자주 간다.

하얀 꽃바다를 이룬 개망초

소나기가 한바탕 지나간 뒤
적막이 감도는 도심의 드넓은
공원은 개망초 천국

8월의 무더위가 제철인 듯
무수히 피어 바람에 나부끼는
하얀 꽃물결이 장관이다.

이른 봄 어린잎은 나물,

한가운데 황색 통꽃과 가장자리의
흰 혀꽃, 그늘에 말리면 향기 좋은 꽃차

이름 앞에 '개' 자가 붙었다고
업신여기지만, 그게 진국인 것을
모르는 건 인간뿐,

하얀 꽃바다를 이룬 개망초 무리와
마주하며 인적이 드문 공원을
호젓이 걸으니 세상 부러울 게 없다.

◆ **팁 Tip** ◆

지천으로 피어 있는 흔한 잡풀이지만,
그윽한 향기와 달걀노른자와 같은 선명한 통꽃이
매력적이어서 벌과 나비들이 더 좋아한다.

꽃망울이 더 예쁜 고마리

초가을, 들판을 가로질러 산소에 가는데
꿀벌들이 윙윙댄다.
꽃은 보이지 않는데 어디에서 나는 소리일까.

벌들은 개울가의 무성한 잡초 위에서
자기 몸집보다 작은 꽃에 매달려
부지런히 움직였다.

꽃망울 끝에 붉은 립스틱을 살짝 찍어

바른 듯 요염해 보이는 꽃들이 눈길을
사로잡는다.

분홍빛이 감돌아 꽃망울이 더 예쁜 매력과
'꿀의 원천'임을 벌들이 먼저 알고 찾아와
꽃가루로 단장하느라 여념이 없다.

하잘것없는 잡초도 '고마리'라는
귀엽고 예쁜 이름을 가지고 주어진 환경에서
열심히 살아내고 있다.
하물며 우리 인간이 고마리보다 못하랴.

◆ 팁 Tip ◆

물가에 살며 하양, 분홍빛의 꽃이 피기 직전의
꽃망울이 더 예쁜 가을 풀꽃이다.

바람결에 나부끼는 포아풀

어렸을 때부터 수없이 보아온 풀을
영화 속에서 종종 만난다.

바람결에 나부끼는 군무가 파노라마로
펼쳐지는 아름다운 영상을 보면서
궁금증이 생겼다.

'눈길을 사로잡는 저들의 이름은 뭘까?'

지구촌 어디에서나 자생하고 그 종류도
많아서 흔하게 볼 수 있는 들풀,
그저 이름 없는 잡초인 줄 알았더니
'포아풀'이란 예쁜 이름으로 세밀화의
소재가 되고 있었다.

「러브 인 아프리카」와 「엘비라 마디간」,
캐나다의 드넓은 목장에 펼쳐진 「하트랜드」 등
영화 속에서 숱하게 만난 들판의 군무들은
다양한 종류의 포아풀이 그려낸 명작이었다.

지금도 서정 짙은 풍경이 펼쳐진 영화를
더 선호하는 것은 바람과 왈츠를 추는
포아풀들의 움직임이 좋아서다.

◆ 팁 Tip ◆

산과 들판에서 흔하게 볼 수 있는 잡초지만,
바람에 나부낄 때는 아름다운 영상 시화가 된다.

2부

추억 속의
꽃 이야기

장독대 주변의 채송화

여름부터 초가을까지 고향집 장독대 주변에 피던 채송화,
비 온 뒤 맑은 햇살에 활짝 웃는 노랑, 분홍, 빨강 꽃이
물기 머금은 통통한 잎과 대비되어 더욱더 '순진, 가련,
천진난만'하게 보였다.

왜 그렇게 장독대 주변을 맴돌았을까.
되돌아보니 부모와 떨어져 살며 항상 할머니 체취가
느껴지는 장독가에서 채송화꽃과 까맣게 익은 씨로
소꿉놀이하며 놀았던 기억이다.

할머니는 뒤뜰의 장독대를 수시로 드나들며
항아리마다 귀한 식재료가 담긴 보물창고에서
말린 고구마와 미역귀 등을 쥐여주곤 하셔서
입이 심심하지 않았다.

집집이 양지바른 장독대 주변에 채송화를
심은 것은 타박상이나 화상, 피부습진 등
외용약으로 쓰기 위함이었을까.

남아메리카가 고향이지만 요즘은 관상용으로
품종 개량하여 나온 여러 색의 겹꽃들이
곳곳에서 자라며 추억을 상기시킨다.

◆ **팁 Tip** ◆

베란다에서는 웃자라 꽃이 부실하다.

추억의 봉숭아꽃

여름방학만 되면 대문 옆에 흐드러지게 핀

빨강, 분홍, 주황, 보라색의 봉숭아꽃을 따다가

마루에 걸터앉아 손톱에 물들이던 시절은

매니큐어가 나오면서 추억 속으로 사라지고,

통통하게 부푼 노르스름한 씨들이

'나를 건드리지 마세요'라 외치는데도

살짝만 건드려도 자동 발사기처럼 툭 터지면서

사방으로 튀어 나가는 재미에 빠져 시간 가는 줄

몰랐던 추억의 봉숭아꽃,

그때 그 시절을 떠올리며 씨를 사다가
아파트 1층 화단의 빈터에 뿌렸다.
봉숭아는 금세 싹이 트고 무럭무럭 잘 자라더니
줄기가 도톰해지면서 여러 색깔의 꽃이 앞다퉈
피며 시선을 끌었다.

오갈 때마다 통통하게 여문 씨를 한 움큼씩 받아
또 다른 공터에 뿌리곤 했는데, 이듬해 여름이 되자
움튼 새싹들이 옹기종기 모여 자라기 시작했다.

유난히 무덥던 한여름엔 봉숭아들이 시들시들
늘어져 고사 직전까지 갔다.
안쓰러워 물을 양동이에 가득 받아 내려가서
흠뻑 주었더니 고맙다는 듯 금세 소생하여
살랑살랑 춤을 추었다.

뿌렸으면 관리도 책임져야 할 것 같아서
척박한 땅에 틈틈이 커피 찌꺼기도 뿌려주고

여문 씨를 받아 다시 뿌리며 관심으로 보살폈더니
봉숭아꽃밭이 풍성해졌다.

14층 집에서 내려다보니 메마른 공터를 채우며
튼실하게 자란 봉숭아꽃들이 한가득 들어온다.
탐스럽게 핀 꽃잎을 한 움큼씩 따가는 이웃들은
추억을 상기하는 걸까. 아니면 만드는 걸까.

습관처럼 탱글탱글하게 여문 봉숭아 씨를
한 움큼씩 받아 길옆의 또 다른 공터에 뿌리며
영역을 넓히는 중이다.

누군가에게는 추억이 되고, 또 추억을 만들길
바라며….

◆ 팁 Tip ◆

한 번만 파종하면 나고 자란 자리에 열매가 떨어져
해마다 꽃을 볼 수 있다.

접시꽃에 깃든 사연

담장 위로 불쑥 올라온 접시꽃을 보면
고모할머니가 며느리 약한다고 흰 접시꽃을
찾으러 동네방네 휘젓고 다녔던 일이 떠오른다.

외다리로 목발 짚고 다니던 상이용사 아재는
술만 마시면 목발로 집안 살림을 때려 부수고
애먼 아짐에게 화풀이해서 골병이 들었다.

아재는 어디서 그 무서운 힘이 솟았던 것일까.

아마 다리 잃은 아픔을 술기운으로 그렇게
풀었겠지만, 식구들은 생지옥에서 살았다.

할아버지의 누나인 고모할머니가 아들의 행패를
피해 우리 집에서 살다시피 했지만, 할머니는
손위 시누이와 친구처럼 다정하게 지냈다.

흰 접시꽃 뿌리를 닭에 넣고 고아 먹으면
골병에 효험이 있다고 우리 할머니까지 나서서
그 큰 동네를 돌며 흰 접시꽃을 얻어왔다.

아재는 술병으로 일찍 돌아가시고,
상처 입은 가족들은 오래오래 후유증을 앓았다.
그런 환경 속에서도 5남매가 아주 반듯하게
성장하여 사회의 역군으로 이바지하고 있으니
얼마나 다행인지….

굵고 곧게 자란 줄기에서 무궁화꽃 닮은
'편안, 풍요, 다산'의 접시꽃들이 향수를
불러일으킨다.

슬픈 전설의 백일홍

두엄자리 옆의 화단은 거름의 영향인지 분꽃,

홍초, 달리아, 백일홍, 봉숭아, 맨드라미, 접시꽃,

해바라기 등 여러 종류의 꽃들이 아주 잘 자랐다.

어른들은 논밭으로 일 나가고 혼자 집을 보면서

심심하면 꽃밭에 들어가 이꽃 저꽃에 앉은 나비들과

숨바꼭질하며 놀았다.

나비들이 들랑날랑하는 노랑, 분홍, 빨강 백일홍은

큰고모가 들려준 전설을 떠올리게 했다.

어느 바닷가 마을에서 물에 사는 괴물에게 처녀를 제물로
바치기로 했는데 용감한 총각이 나타나 자기가 괴물을
퇴치하고 와서 처녀와 결혼하겠다며, 만약 깃발이 백색이면
이긴 것이고, 붉은색이면 진 것으로 알라하고 떠났다.

남자가 무사히 돌아오길 기도하던 처녀는 100일 되던 날,
멀리 보이는 배의 깃발이 붉은 것을 보고 낙심하여 자살했다.
실상은 괴물을 퇴치하다가 깃발이 피로 물들었던 것인데….

그 뒤 처녀의 무덤에서 이름 모를 붉은 꽃이
100일 동안 피어 있었다 해서 붙여진 '백일홍'의
슬픈 전설이 어린 가슴에 깊이 각인되었다.

전설 속의 백일홍 씨를 사다가 1층 화단 빈터에
파종하고 물주며 정성을 다했더니 싹이 움트기에
만발한 백일홍을 기대했는데, 줄기들이 뒤틀리며

자랐다.

안쓰러운 마음에 지지대로 고정해 주고 사람들이
밟지 못하게 울타리로 막아주었다.
터덕거리며 힘들게 자라던 '행복, 인연, 기다림,
수다'의 백일홍은 비실거리면서도 무녀리 같은
꽃 몇 송이만 보여줬다.

골바람이 버거웠나, 끝내 명을 다하지 못하고
단지 내 제초 작업 때 잡초들과 함께 사라진
백일홍의 생명은 거기까지였나 싶으면서도
아쉬운 마음을 길가의 관상용 백일홍으로
대신하며 위로받는다.

◆ 팁 Tip ◆

멕시코의 들꽃을 개량한 꽃인 만큼 일조량만 충분하면
척박한 땅에서도 잘 자라고, 씨로 번식하며 여름부터
가을까지 빨강, 분홍, 주황, 흰 꽃을 보여준다.

감사와 사랑의 카네이션

예전에는 카네이션을 송이로 팔았는데
요즘은 예쁘게 장식한 생화 화분이 인기다.

다른 화초에 비해 저렴한 카네이션 화분은
부모님께 선물하는 분들에게 불티나게 팔려
이동꽃집 아저씨에게 힘을 실어주었다.

카네이션을 보면 유년 시절이 떠오른다.
옆집에 살던 인숙 언니는 줄줄이 동생들을 두고

하늘나라로 떠난 젊은 엄마 대신 할머니와 살며
동생들 챙기느라고 애면글면했다.

할머니의 슬하에서 동생들과 함께 산다는 처지는
나와 같았지만, 엄마가 보고 싶어도 볼 수 없는 언니의
안타까운 사연이 어린 가슴에 절절하게 전해왔다.

해마다 5월 8일이면 '사랑, 감사, 존경, 행복'의
카네이션을 색종이로 만들었다.
어머니가 안 계신 아이는 흰 카네이션을 만들었고,
난 빨강 카네이션을 만들어 할머니께 달아드리곤 했다.

어버이날만 되면 또 카네이션만 보면
그때의 일들이 되살아나 목울대가 뻐근해지면서
서글픈 심정이 된다.

성인이 된 아들, 딸에게 카네이션은 이제
그만 사라고 당부했지만, 막내는 여전히
카네이션 화분으로 사랑을 전한다.

아련한 추억의 맨드라미

여름이면 시댁 장독대 주변을 장식하던 맨드라미,
닭의 볏과 비슷하다고 해서 계관화(鷄冠花)나
계두화(鷄頭花)라 부른다는데, 내 눈엔 영락없이
복잡한 뇌의 구조다.

붉은 자색의 맨드라미가 아련한 추억 속으로
밀고 간다.

맨드라미 우려낸 물로 반죽한 고운 색깔의

찹쌀 지짐이와 밀가루 부침을 하는 날이면
고소한 냄새가 대문 밖 골목까지 진동했다.

왕복 시오리나 되는 학교길, 걸어서 집에
도착할 때쯤이면 무척 배가 고팠다.
때맞춰 간식거리를 장만하셨던 할머니,

또래의 고모, 삼촌들 틈에 끼어 제대로
얻어먹지 못하고 있으면 할머니는 어린 손자,
손녀를 먼저 챙겨주시곤 했다.

그렇게 할머니의 사랑 먹고 자라던 유년 시절을
떠올리며 '영생, 시들지 않는 사랑'의 예쁜
맨드라미꽃을 만져본다.

보기보다 매끈하고 부드럽다.
할머니의 사랑처럼….

쓰임이 다양한 해바라기

텃밭 울타리를 등지고 나란히 서서 자라던

키껑다리 해바라기, 그 줄기에 붙어 있던

잔가시가 껄끄러워 가까이 가지 못했다.

노란 꽃으로 단장한 동그란 얼굴이 까맣게 되도록

온종일 해만 바라보며 '일편단심, 기다림' 하던 해바라기,

가을이 되면 곱던 얼굴은 심통 난 뺑덕어멈처럼

툭 내밀었다.

할아버지는 기다렸다는 듯이 잘 여문 해바라기들을
낫으로 잘라 볼록한 벌집 모양의 해바라기 얼굴
하나씩을 안겨주었고, 우린 마루에 둘러앉아
고사리손으로 누가 가장 빨리 떼어내나 시합했다.

할머니는 소쿠리에 수북하게 쌓인 해바라기씨를
가마솥에 볶아주셨고, 그 시절엔 너 나 할 것 없이
볶은 해바라기씨를 호주머니에 넣고 다니며
간식으로 까먹었다.

그런 해바라기를 1970년에 제작된 영화
「해바라기」에서 만났을 때의 경이로움이란….
그때만 해도 해바라기의 유용함을 알지 못하던
때여서 러시아의 광활한 들판에 끝없이 펼쳐졌던
풍경이 더욱더 신기했던 기억이다.

일조량만 풍부하면 세계 어느 곳에서든지 잘 자라는
해바라기를 식용유, 견과류, 줄기 속은 약재로
이용하기 위해 우리나라 곳곳에서 채종용, 관상용으로
대량 재배되고 있음을 본다.

◆ 팁 Tip ◆

일찍이 콜럼버스가 아메리카 대륙을 발견하면서
유럽에 알려졌다는 해바라기는 '태양의 꽃',
'황금꽃'이라 불릴 만큼 그 가치와 효용성이
우수하다.

그리움이 된 코스모스

오랜 세월이 흘렀는데도 코스모스만 보면
지금도 콧날이 시큰해진다.

부모의 훈김으로 자라야 할 유년 시절을
할머니와 살면서 또래의 고모, 삼촌들의
틈바구니에서 눈치껏 살아야 했다.

할머니는 당신의 자식들을 제쳐두고
어린 우리 3남매를 품어 아낌없이 사랑해 주셨는데도

읍내에 계신 부모님이 그리워 눈물짓곤 했다.

가을이면 유독 더 그리웠던 부모님,
파란 하늘에 두둥실 떠가는 뭉게구름과
홍자색으로 물들어 가는 석양 노을,
양 길에 늘어선 '순정'의 코스모스 길은
부모님을 더 그립게 했다.

왕복 시오리나 되는 등하굣길의 신작로,
양길에 늘어섰던 알록달록한 코스모스꽃은
꿀벌들과 우리들의 놀이터였다.

진한 보랏빛 꽃으로 옷에 눌러 찍어
꽃무늬를 만들고, 터질 듯한 꽃망울들은
살짝 누르기만 해도 진한 향기가 퍼져 나와
부모님이 보고 싶은 마음을 저만치로 밀어냈다.

세월이 흐르는 동안 그 많던 길가의
코스모스는 온데간데없고, 이젠 지자체마다
공원이나 관상용으로 구획을 지어 심은

코스모스밭에서 또 하나의 추억을 저장한다.

◆ **팁 Tip** ◆

멕시코의 들풀이었던 코스모스가
가을꽃의 전령으로 자리 잡았다.

줄줄이 올라오는 추억의 연꽃

7, 8월에 만개하는 연꽃은 많은 추억을 불러온다.
밤마다 글 모르는 할머니에게 「심청전」 가사를
불러주면 할머니는 판소리로 흥을 돋웠다.

쌀 300석에 팔려 인당수에 몸을 던진 효녀 심청이가
용왕님의 은총을 받고 귀부인이 되어 커다란 연꽃에서
나오는 장면과 심 봉사가 눈을 뜨는 장면에서는
더 신명이 났던 할머니의 모습이 아련하다.

외갓집 가는 길옆의 드넓은 연꽃 방죽은 할머니와
심청이를 떠오르게 했고, 연꽃이 진 뒤 열리는 연밥을
간식거리로 사 먹기도 했다.

민간요법으로 지혈제나 수렴제로 사용하던 연잎,
미네랄과 비타민이 풍부하다고 식탁에 단골로
올라오는 연근은 친근한 식재료가 된 지 오래다.

쓰임이 유용하여 버릴 게 없는 '신성, 아름다운 마음,
청결'의 연꽃은 한여름에 절정을 이루고,
비 온 뒤의 연꽃과 한겨울에 말라비틀어진 연잎들은
또 다른 모습으로 사진 애호가들을 불러들인다.

그런저런 연유로 연꽃 피는 여름엔 세미원과
관곡지를 찾아가 사진에 담아오곤 했지만,
지금은 연꽃차를 마시며 줄줄이 올라오는
추억에 젖는다.

할미꽃 전설

할머니의 설명만 듣고 한 번도 본 적이 없는
할미꽃을 찾아 나섰던 어린 시절,

선산인 뒷산에 가면서 인정 많은 우리 할머니가
할미꽃 보기를 소원하는 동네 친척 할머니에게
들려준 '할미꽃 전설'을 생각했다.

옛날에 찢어지게 가난한 할매가 두 손지를 키웠는디

큰 손지는 얼굴이 이뻐서 부잣집으로 시집을 갔고,

맴이 착한 작은 손지는 가난한 집으로 시집을 갔다는 게비여.

큰 손지가 체면치레허느라고 늙은 할매를 모셔놓고는

지대로 챙겨주지 안 했다도만.

늙은 할매는 큰 손지 눈치를 보며 구박덩어리로 살면서

맴씨가 비단 같은 작은 손지를 보고 싶어 했는디,

얼마나 보고 싶었으믄 고개 너머에 사는 작은 손지를

찾아 나섰것는가.

지대로 못 얻어먹어 힘이 빠진 할매가 고갯마루에서

그만 쓰러져 죽었대여.

이 소식을 듣고 달려온 작은 손지가 한바탕 서럽게 울고 나서

할매를 집 근처 양지바른 언덕에 묻었는디

이듬해 봄이 된 게 할매 무덤에서 허리가 굽은 꽃이

피었다지 않는가.

손지는 할매가 환생한 것이라고 믿고 지성으로 보살피며

이름도 '할매꽃'이라고 불렀다는 이야그가 내려온다네.

추석날이면 친척 아이들과 성묘 가던 길
빼곡한 소나무들 사이로 윙윙대며 불어오는
봄바람이 무섬증을 주었으나 할머니 말씀대로
고개 숙인 가지색 꽃을 찾고 싶은 마음이
더 강했다.

'착한 손녀 집을 찾아가다가 고갯마루에서
돌아가셨다는 불쌍한 할매가 할미꽃이 되었다'는
이야기가 마치 할머니와 살고 있는 우리 자매를
지칭하는 것처럼 느껴졌다.

큰손녀처럼 하지 않겠다고 다짐하며 양지바른
봉분들 사이를 두리번거렸다.
비석과 봉분들 사이에 한 번도 보지 못한 꽃들이
고개를 푹 숙이고 있었다.
할머니 설명대로라면 틀림없는 할미꽃이었다.

할머니께 빨리 보여드리고 싶은 마음에 털이 보송한
줄기에 매달린 '슬픈 추억과 사랑'의 가지색 꽃을
한 움큼 꺾어 들고 한달음에 달려왔던 날이 엊그제

일처럼 떠오른다.

3부

사연 있는
꽃 이야기

아이비와 이미륵 작가

선물용 화분의 조연으로 앉힌 아이비를
독립시켰더니 콩나물처럼 쑥쑥 잘 자라
어엿한 모습으로 자리 잡았다.

관상용으로 인기 있는 상록성 덩굴식물
아이비가 서양에서는 예부터 약용으로
사용했다는데 의외다.

수경이나 꺾꽂이가 잘되는 아이비를

유독 좋아했던 작가가 있었다.

3·1운동에 가담, 일경에 쫓겨 상해로 갔다가
1920년 독일에 망명한 21세의 이미륵(이의경)은
독일 속의 한국인으로, 뮌헨대 교수로, 독문 작가로,
일제강점기의 한국 실정을 유럽에 알리는 애국자로,
휴머니즘을 실천하며 그곳에서 30년 살았다.

1946년, 한국의 아름다운 자연과 한국인의 정서를
오롯이 담아 출간한 독문 자전소설『압록강은 흐른다』는
1945년 2차대전의 패망으로 가족과 고향을 잃고 상실감에
빠져 있던 독일인들에게 큰 반향을 일으켰다.

『압록강은 흐른다』가 그 당시 그곳의 중고등학교
교과서에 실리면서 독일에서 더 알려진 작가였으나
오랜 투병 끝에 1950년 3월 20일 51세로 타계했다.

유럽 여행 때 찾아갔던 이미륵 작가의 묘소는
독일 그래펠핑 시의 변두리에 있었고, 이방인들 사이에
한국인으로 잠들어 있음을 묘역의 상석과 비석이

대변해 주었다.

작가 생전에 괴테의 생가에서 가져다 집에 심을
정도로 좋아했다는 아이비 넝쿨이 '진실한 사랑과
행운이 가득한 사랑'을 보여주며 묘소 주변을
지키고 있었다.

무성하게 잘 자라는 아이비를 볼 때마다
고국을 그리워하며 외롭게 살다 떠난
이미륵 작가가 떠오른다.

◆ 팁 Tip ◆

생명력이 강해 환경을 탓하지 않고 잘 자라며
물꽂이, 줄기 삽목이 잘되는 잎 보기 식물이다.

가슴 시린 추억의 덩굴장미

해마다 흐드러지게 핀 덩굴장미만
보면 추억 하나가 떠오른다.

단칸방에서 동생들과 자취하고 있는데
시골에서 사업을 접고 올라오신 아버지는
서울 대방동에 가게를 얻더니 일손이
필요하다고 동갑내기 삼촌까지 불러와
다섯 식구가 한방에서 주인집 눈치를 보며
참 고단하게 살던 시절,

아버지 생신일이 돌아왔다.
퇴근길에 골목 담장 너머로 핀 주인집
덩굴장미 몇 송이 꺾어다 유리병에 꽂고
케이크와 샴페인을 준비하여 두레상에
둘러앉아 생신 축하 노래 불렀던 오래전의
일이 가슴 시린 추억으로 남았다.

그래서일까.
남다르게 다가오는 덩굴장미를 예쁘게
키우고자 베란다에 아치를 만들었다.
잘 자라 아치를 장식하며 꽃이 피길
기대했던 덩굴장미는 꼬여 드는 벌레에
몸살을 하며 시들시들했다.

결국은 포기하고 큰 화분에 있던 덩굴장미를
시골집 장독대 옆에 심었더니 거짓말처럼
잘 자라서 담장을 넘나들며 많은 꽃으로
인사했다.

어느덧 수령이 30년을 넘긴 시골의 덩굴장미는

젊은 시절의 가슴 시린 추억을 상쇄하며
나이테를 더해가고 있다.

◆ **팁 Tip** ◆

장미과 식물은 삽목이 잘되지만, 벌레가 많이 꼬여
베란다에서 키우기엔 부적합하다.

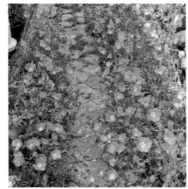

엄마의 꽃사랑

부모님은 떨어져 지내던 자식들을 불러 모아
모처럼 여섯 식구가 좁은 셋방에서 옹기종기
모여 살았다.

경제적으로 어렵고 참 고단한 삶이었는데도
엄마는 항상 고무통 화분에 꽃을 가꾸었다.
열악한 환경 속에서도 엄마의 정성으로 곱게
핀 그 꽃들은 가족들에게 희망과 위로가 되었다.

그런 환경에서 자라며 알게 모르게 스며들었던가.
틈만 나면 화분을 늘려가며 꽃사랑을 키워갔고,
이젠 엄마와 꽃사랑을 공유하며 예쁘거나 좋은
꽃이 있으면 서로 나눔을 한다.

친정집 정원이 일부 텃밭으로 변하긴 했지만,
여전히 사시사철 여러 종류의 꽃들이 만발한다.
그래도 화단이 부족한 듯 고무통이나 플라스틱
화분이 담장 따라 즐비하다.

몇 년 전, 시댁 당숙모한테 얻은 낮달맞이꽃을
갖다 드렸더니, 울안이 분홍 꽃으로 덮였고,
대문을 열 때마다 은은한 향기가 맞아주니
기분이 아주 좋다고 하셨다.

집 안에서 넘쳐나는 낮달맞이꽃을 쓰레기장처럼
변해가는 대문 앞의 공터와 골목길 따라 심었더니
많이 번져 꽃길이 되었고, 지나가는 분마다 찬사를
아끼지 않았다며 뿌듯해하셨다.

그러던 어느 날, 누군가 몽땅 캐갔다며 속상해하더니
꽃을 좋아하는 사람이 가져갔으면 됐지 하고
위안 삼았던 것인데, 이웃집에서 보니 길옆의
밭 주인이 자기 밭으로 뿌리가 번진다며 모두
뽑아 내던지더란다.

그토록 예쁜 꽃들을 잡초 뽑듯 했으니….

엄마는 풀처럼 버려진 꽃들을 몽땅 주워 와
물에 담갔다가 되살아난 꽃들을 화분에 앉혀
뿌리내린 뒤, 원하는 분들에게 아낌없이 나눔을 하면서
마음의 상처를 다독였다.

◆ 팁 Tip ◆

낮달맞이꽃은 물꽂이, 삽목이 잘돼
번식력, 생명력이 강한 편이고, 무리 지어 피면
더 아름답고 은은한 향기가 매력이다.

추억을 소환한 베고니아

새로 들여온 장미꽃 닮은 겹베고니아가
까맣게 잊고 살았던 추억을 소환한다.

직장 생활을 하던 20대, 별명이 '꽃집 아가씨'였다.
꽃을 좋아하던 과장 덕분에 많은 꽃을 관리하며
여직원들과 어울리지 못하는 대신 꽃과 함께했다.

과장은 베고니아 작은 화분 하날 전하며 분갈이법과
포기나누기, 새싹 틔우기, 숱이 많은 베고니아를

나눠 심으려면 화분과 분갈이 흙이 필요하다는
것까지 자상하게 알려줬다.

점심시간에 사무실 근처의 화원에서 많은 양의
흰 플라스틱 작은 화분과 분갈이용 흙, 물뿌리개,
큰 물통 등을 사 왔다.

사무실 바닥에 신문지를 넓게 깔아놓고 빈 화분에
잎꽂이하여 새로 돋아난 싹을 심어 창틀 옆의
냉난방기 위에 진열하고 보니 사무실 삼면이
흰 화분으로 장식되었다.

아침마다 출근하기 바쁘게 화장실에서 받아온 물을
돌아가며 주었고, 사무실에 화초가 많으니 자동으로
습도 조절이 됐으며 정성이 고마운 듯 무럭무럭 자라던
베고니아들이 앞다퉈 선명한 분홍 꽃을 피웠다.

추억을 상기시켜준 '친절, 정중, 짝사랑'의
베고니아가 잘 자라나 싶었는데 장미처럼 예쁜 꽃을
시샘하듯 많은 벌레가 생겨 약을 쳤더니 비실거렸다.

지나친 관심과 사랑은 화근이 될 수 있음을 보여준
겹베고니아 대신 이파리가 호랑이 무늬 닮은
타이거베고니아와 목대가 굵은 목베고니아를 들였다.

이들은 환경의 변화로 한동안 힘들어하더니
지금은 새끼까지 달고 나와 튼실하게 잘 자라며
분홍 꽃을 풍성하게 보여준다.
겹베고니아로 인한 상실감을 상쇄시켜 주듯….

◆ 팁 Tip ◆

일조량이 풍부하고 통풍이 잘되면 많은 꽃을 피우지만
과습에 약하고, 새순이나 꺾꽂이, 잎꽂이로 번식한다.

벚나무에
앉은 민들레

벚나무 갈라진 틈새에 둥지 튼 민들레가
하도 신기하여 발걸음을 멈추고 들여다본다.

척박한 환경에서도 불평 없이 꿋꿋하게 살아가는
민들레지만 하필이면 그곳에 안착하다니….

계단 틈새나 보도블록 사이에서 힘들게 사는 것보다
훨씬 안전해 보이고 정갈하며 운치마저 있다.

민들레의 안위가 궁금하여 매일 찾아가서 살펴보곤
하는데 쏟아지는 오후의 햇살에 그새 샛노란 꽃을
피워 하늘거린다.

한 나무에 활짝 핀 벚꽃과 민들레의 조합이 낯설다.
디지털 세대인 막내에게 느끼는 세대 차이만큼이나
이질적이지만, 그들도 자연의 섭리에 순응하며
잘 살아갈 것이다.

◆ 팁 Tip ◆

어쩌다 눈에 띈 벚꽃과 민들레의 조합은
오묘한 자연의 섭리를 다시금 깨닫게 해줬다.

유년의 뜰

고향을 생각하면 제일 먼저 떠오르는 고향집의 울안,
조부모 슬하에서 보낸 유년 시절이 수십 년이 흐른
지금도 흑백 영상처럼 스쳐 지나간다.

초록 대문을 들어서면 드넓은 마당과 본채가
한눈에 들어오고 별채, 시암, 탱자나무 울타리,
텃밭, 돼지우리, 닭장, 짚베눌, 장독대, 감나무,
뽕나무, 두엄자리 등 울안 풍경이 펼쳐진다.

열 명이 넘는 대가족이 한 지붕 아래 살면서
자급자족하던 시절이라 각자 할 일은 있었지만,
어린 우리는 주변의 자연학습장에서 맘껏 뛰놀며
감성을 키웠다.

감꽃을 주워 팔찌와 목걸이를 만들고,
탱자나무 울타리에 핀 흰 탱자꽃들과
탱자나무 가지에서 꿈틀대던 통통한 애벌레들이
예쁜 호랑나비로 변신하여 날아가던 경이로웠던
모습은 지금도 눈에 선하다.

시암 옆의 작은 텃밭에서는 철 따라 핀 가지와
도라지, 당근, 파꽃들이 벌과 나비를 불러들이고,
수숫대로 만든 울타리에 주렁주렁 매달린 오이와
수세미꽃은 쌍둥이처럼 닮아 구별이 어려웠고,
암수가 다른 호박꽃은 향기롭지 못했지만,
벌들이 좋아했다.

장독대 둘레에 울긋불긋 피고 지던 채송화,
키가 큰 해바라기, 약이 된다는 흰 접시꽃,

닭 볏 닮은 붉은 맨드라미, 아침마다 피던 분홍
나팔꽃, 잎이 넓은 붉은 홍초, 엄마 냄새가 진하게
풍기던 분꽃, 동네 아이들이 약속이라도 한 듯
손톱에 물들이던 봉숭아꽃 등은 많은 세월이 흘러도
변하지 않은 유년의 뜰 풍경이다.

◆ **팁 Tip** ◆

화초를 좋아하게 된 근원지는 바로 유년의 뜰이었다.

4부

꽃이
예쁜 아이들

대비가 선명한 덴드롱

하늘 높은 줄도 모르고 쑥쑥 자라던 덴드롱,
햇살 좋은 여름에 자태를 뽐내기 시작하여
계절이 바뀌어도 질 줄을 모르니 화무십일홍
이라는 말이 무색하다.

새하얀 꽃망울이 맺었다 해서 꽃으로 보면
오해다. 화포인 흰 망울이 열리면서 붉은 꽃이
나오고, 그 속에 수염처럼 긴 수술이 보여야
완전한 개화다.

가냘픈 줄기에 주렁주렁 매달린 덴드롱꽃에
눈길이 자주 가는 것은 흰색과 붉은색의 대비가
선명하여 더 돋보이기 때문이다.

물을 좋아하는 덴드롱은 생명력과 번식력이 강하다.
하늘거리는 덩굴줄기를 꺾어 심어도 뿌리 내리고
잘 살지만, 갈증은 못 견디니 자주 해갈해 줘야 한다.

꽃이 지면 열매 맺듯 익은 열매는 저절로 떨어져
또 다른 생명을 잉태한다.

예쁜 모습으로 가장 길게 가는 덴드롱은 베란다
한가운데서 '우아한 여인, 행운, 축복, 운수 대통'
의 의미를 증명하며 사랑받고 있다.

◆ 팁 Tip ◆

햇빛과 물을 좋아하고, 환경만 맞으면 봄부터 가을까지
꽃을 보여주며 목질화가 되었을 때 관리하기가 쉽고
꺾꽂이와 열매로 번식한다.

꽃과 향기가 매혹적인 한련화

장터의 꽃집에서 누구도 눈여겨보지 않는
비실거리는 작은 한련화 3개를 값싸게 가져와
동그란 분청사기 화분에 앉혔다.

새집에 자리 잡은 한련화가 고맙다는 듯
선명한 빛깔의 주황, 노랑, 빨강 꽃을 보여줘
뿌듯했다.

둥근 초록 잎의 잎맥이 그린 듯 또렷하고

꽃 색깔이며 향긋한 향기 또한 매혹적이다.
그렇게 예쁘고 향기가 좋은데도 수정해 줄
곤충이 없어 붓으로 정성스럽게 수정했더니
열매가 보였다.

익은 열매를 모체 옆에 묻은 지 얼마 되지 않아
새싹이 나와 하늘거리며 잘 자랐다.
인공 수정해서 얻은 결과라 볼수록 뿌듯했다.

원산지가 멕시코와 페루인 한련화가 베란다에서
한동안 잘 자라며 꽃과 열매를 보여주더니 갈수록
웃자라 매가리가 없어 보였다.

대책의 하나로 1층의 화단에 옮겨 심고 관리한
보람이 나타났다.
뿌리 내린 한련화가 영역까지 넓히며 꽃망울을
보여 머지않아 오가는 사람들에게 사랑받으리라
한껏 부풀었는데….

누군가 모두 캐갔다. 씁쓸했다.

나만큼이나 꽃을 좋아하는 사람이겠거니
위안 삼으려 해도 한련화가 있던 자리만
보면 섭섭했다.

마침 기회가 있어 한련화 씨를 사서 파종 시기와
관계없이 봄에 만날 것을 기대하며 화분이 큰
배롱나무 아래에 묻었다.

그런데 한겨울인데도 새싹이 나오더니 무성하게
자라며 커다란 배롱나무 화분을 독차지했다.

화분의 주인인 배롱나무는 봄이 돼야 싹이 트고
한여름이 돼야 꽃을 보여줄 것이지만, 한련화에게
집을 빼앗기고 어찌 자랄까 염려되었다.

연일 따뜻한 날씨 속에서 마냥 웃자란 한련화가
배롱나무를 에워쌌다.
보다 못해 몽땅 뽑아다가 1층 화단에 심고 오가며
물도 떠다 주고 정성을 다했더니 뿌리내리고
번성하며 예쁜 꽃으로 인사했다.

배롱나무는 그동안 더부살이 한련화가 퍽 귀찮았던
모양으로 홀가분하다는 듯 신이 나서 새 곁가지를
내며 아주 잘 자라고 있으니 강단 있게 처리하길
참 잘했다.

◆ **팁 Tip** ◆

덩굴성 한해살이 한련화는 꽃 모양이 투구 같고,
잎은 방패 같다 해서 유럽에서는 '승전화'로
불리며, 꽃말도 '애국'이다.
어린잎과 씨는 향미료로, 꽃은 관상용과 식용으로
즐겨 활용한다.

다양한 꽃의 제라늄

계절과 관계없이 꽃을 피워내는 제라늄은
개량종이 많이 나와 아름다운 꽃으로
가드닝 고수들의 인기를 독점하고 있다.

우리 집에 처음 들어온 페라고늄 역시
개량종으로 십수 년 동안 2세에게 바통을
이어주며 터줏대감처럼 베란다 한가운데에서
사시사철 다양한 꽃을 보여주고 있다.

수령이 오래된 만큼 목질화가 된 페라고늄은
타의 모범이 되어 동족들을 불러들이는데,
일조하며 밴쿠버, 엔젤아이스, 선라이즈 밀라,
문라이트 등 10여 개의 동지와 서로 키재기를
하고 있다.

색색의 예쁜 꽃들을 보여주는 제라늄은
공짜가 없다고 외치는 것 같다.
물이 조금 부족하면 금세 시들고, 한여름의
무더위는 힘들다고 보채는가 하면 물을 너무
자주 주면 못 살겠다고 주저앉으며 까탈스럽게 군다.

지피지기면 백전백승이라.
제라늄의 습성을 알고 키우면 사시사철 그 예쁜
꽃들을 감상할 수 있으니 수고할 수밖에.

가지를 꺾어 심는 삽목도 잘되지만 성공하지 못한
횟수가 많다 보니 방법을 달리했다.
예쁜 꽃이 활짝 피었을 때 벌과 나비가 되어
붓으로 수정해 줬더니 씨들이 잘 여물고 있다.

머지않아 베란다 정원에 '그대의 행복, 우연한 만남,
결심, 결의, 우울, 안락' 등 다양한 색깔과 꽃말을
지닌 식구들이 늘어날 테니 제라늄 천국이 되지 않을까.
벌써부터 기대에 부풀고 있다.

◆ 팁 Tip ◆

삽목, 씨앗으로 번식은 쉬우나 물 관리가 어렵다.
특히 한여름엔 과습으로 실패할 확률이 높아
주의가 필요하다.

초콜릿 향의 발렌타인 재스민

친구가 보여준 꽃 사진에 반했다.
그린 듯 흰 테두리가 있는 선명한 보랏빛 꽃은
이름도 예쁜 '발렌타인 재스민'이었다.

재스민은 종류가 많고 향기도 다양하다.
오렌지, 꽃치자, 나팔, 함박, 브룬펠시아,
발렌타인 재스민을 들여놓고 키우는 중이다.

막내가 어버이날 선물로 '듀란타'로

더 알려진 초콜릿 향의 발렌타인 재스민을
두 그루나 사줬다.
멀리서 힘들게 도착한 재스민을 큰 화분에
각각 옮겨 심고 물을 흠뻑 주었더니 보랏빛 꽃에
생기가 돌았다.

남미가 고향이지만 기후의 변화로 우리나라에서도
잘 자라 사랑받고 있는 발렌타인 재스민,
'사랑을 위해 멋 부린 남자, 당신은 나의 것'
남자를 지칭하는 꽃말이 흥미롭다.

연둣빛 이파리 사이에서 총상꽃차례로 피며
세밀화의 모델이 되어준 발렌타인 재스민에
정들이며 물꽂이로 개체 수를 늘려가고 있다.

◆ 팁 Tip ◆

봄부터 가을까지 꽃을 보여주고 공기정화에
좋으며 꺾꽂이, 물꽂이도 잘돼 번식은 쉽지만,
달콤한 향 때문인지 날벌레가 꼬인다.

나비가 사뿐히 앉은 듯한 나비수국

많은 종류의 수국 중에서 유독 눈길을
끄는 것은 꽃이 나비 닮은 수국이다.
들여다볼수록 신기하고 자연의 오묘함에
감탄하게 된다.

가느다란 줄기와 성근 잎 사이로 남보라색
나비가 사뿐히 앉은 듯한 꽃의 매력에 빠져
한동안 그 앞에서 맴돌곤 했다.

4개의 꽃잎은 양 날개요, 길게 뻗어 구부러진
암술과 수술은 더듬이, 날개 같은 꽃잎, 아래쪽의
진한 꽃잎 하나는 나비 꼬리 부분처럼 보여
예술의 근원지가 자연임을 증명해 주는 듯하다.

'로데카 미리코이데스'라 불리는 꿀풀과의
나비수국은 물을 좋아하고 꽃이 예뻐서인지
벌레도 잘 생겨 많은 관심이 필요하다.

연약한 가지에 앉아 있던 나비가 금세 포르르
날아갈 것 같더니 지나친 관심이 싫었던가.
겨우 한 계절만 보여주더니 아쉽게도
'매혹과 애정'만 남기고 떠나버렸다.

꺾꽂이가 잘돼 번식은 쉬우나 너무 웃자라
베란다에서 키우기엔 다소 무리가 있는 나비수국,
사진을 보며 다시 들여 잘 키워볼까 하는 마음과
줄다리기하는 중이다.

다양한 색깔의 탐스러운 수국

수국이 탐스럽게 피었다.

전에 살던 분이 두고 갔을 때는 커다란

화분에 옹색하게 앉은 모양새가 볼품없더니

그 어디에 아름다운 자태를 품고 있었을까.

못난이 탈을 벗고 절세미인으로 변신한

『박씨부인전』의 주인공을 보는 것 같다.

베란다에서는 처음 접한 수국이라 감회가

남다르다.

화려하면서도 풍성한 수국은 나를 수국의
세계로 밀어 넣어 고수들의 수국 사랑을
동영상으로 눈여겨보며 공부했다.

핑키링, 황금빛 잎, 장미, 별, 향 수국 등
종류도 많고, 꽃 색깔도 다양한 '진심, 변덕,
처녀의 꿈'의 수국을 번식하고 싶다는
욕심이 생겼다.

공부한 대로 따라 했더니 한 달 만에 십여 개의
삽목에서 새잎이 나와 잘 자라고 있다.
첫 시도의 결과가 성공이라 보람차다.

탐스럽던 분홍빛 수국은 곁가지까지 내주고도
멋진 모습을 한 달간이나 보여주더니 칙칙한
색깔로 변하기 시작했다.

꽃대는 잘라줘야 다음 해에 더 풍성한 꽃을
볼 수 있다기에 과감하게 잘라 화병에 꽂아놓고
오래오래 감상했다.

◆ 팁 Tip ◆

흙의 성분에 따라 중성이면 흰색, 알카리성이면 분홍빛,
산성이면 청색을 띠기 때문에 인위적으로 색깔 조절이
가능하고, 그해 형성된 새 줄기로 꺾꽂이하면 성공률이 높다.

화포가 화려한 부겐빌레아

길 가다가 조화처럼 보이는 꽃이 눈길을 끌어
알아보니 부겐빌레아였다.
봄부터 가을까지 꽃을 볼 수 있다는 말에
화분 하나 들여놓고 공부해 가면서 키웠다.

꽃을 감싸고 있는 3개의 꽃자주색 화포가
꽃보다 더 화려한 부겐빌레아는 총상꽃차례로
꽃이 피고, 화포 안에서 아주 작은 별 모양의
흰 꽃이 드러나야 완전한 개화다.

꽃이 진 자리에서 뻗어가는 가지를 잘라주었더니
새 곁가지가 나오면서 꽃망울이 다글다글 나왔다.
관리만 잘하면 가장 오래 '정열과 사랑'을 보여주는
부겐빌레아가 베란다에서 빛을 발하고 있다

◆ 팁 Tip ◆

원산지가 브라질, 물을 좋아하고 삽목이 잘되며
가지치기하면 새순과 꽃대가 나와 베란다에서도
사철 꽃을 볼 수 있다.

여러 색으로 변하는 란타나

베란다에서는 꽃을 오래 볼 수 있고,
월동이 되는 식물이면 안성맞춤이다.
란타나가 우리 집에 들어온 이유다.

꽃이 노랑, 오렌지, 분홍, 붉은색 등 여러 색으로
변한다고 해서 '칠변화'라 부르기도 하는
란타나는 두상꽃차례로 여러 꽃이 꽃대에 모여
한 송이처럼 보이는 꽃으로 향이 진하고
피부알레르기를 일으키는 독성이 있어 조심스럽다.

멋모르고 손질한다고 만졌다가 팔뚝이 가려워
고생했지만, 꽃도 예쁘고 꽃이 진 뒤에 전지해 주면
계속 꽃을 보여주기에 작은 불편쯤은 감수한다.

크고 작은 두 그루를 베란다에 놓고 날마다
눈맞춤하는 '엄숙, 엄격, 변하지 않는 마음'의
란타나는 오늘도 예쁜 꽃으로 화답하며 방긋 웃는다.

◆ 팁 Tip ◆

고향이 열대 아메리카, 서인도로 물과 햇빛을 좋아하고,
삽목도 잘되는 식물로 해독, 해열, 기관지 질환, 위통 등
약재로 활용되며 실내에서 키우기 좋은 화초다.

종 모양의 붉은 아부틸론 벨라

이웃집에서 가지 하나 얻어다 키우기 시작한
아부틸론 벨라가 키만 멀대처럼 키우더니 보기와
다르게 많은 꽃을 보여준다.

주렁주렁 매달고 있는 종 모양의 생기 없는
붉은 꽃이 한지로 만든 조화 같다.
티 내지 않고 주는 물 받아 마시며 잘 자라더니
주인 따라 이사 다니면서 애면글면하다가 기어이
곁을 떠났다.

함께한 세월이 얼마인데 놓쳤나 싶어 속이 쓰렸는데,
꺾꽂이로 나눔했던 그의 2세가 다시 내게로 돌아왔다.
여동생이 잘 키워 번식에 성공했다며 가져온 것이다.

원산지가 열대, 아열대인 만큼 햇빛과 물을 좋아하는
아부틸론 벨라가 돌아온 지 4년, 옛 영화를 되살린 듯
붉은 꽃을 끊임없이 피워내며 건재함을 과시하고 있는
모양을 보니 새옹지마인 우리네 인생과 닮았다.

일이 풀리려면 뜻하지 않는 경로로 해결되지 않던가.
당장은 괴롭고 고통스러운 일일지라도 반드시 지나가기
마련이고 좋은 일이 생기기도 한다.
화초라고 다르랴.

꺾꽂이가 잘되고 꽃 색깔도 노란색, 붉은색,
분홍색 등 교배종이 많이 나와 관상용으로 인기 품종인
'당신을 사랑합니다'의 아부틸론 벨라는 빛 좋은
베란다에서도 아주 잘 자란다.

끊임없이 피고 지는 아부틸론 벨라를 볼 때마다

잃었던 아이를 되찾은 듯 기쁨이 되고 있다.

다시 싱싱하게 잘 자라주니 더욱더 그렇다.

◆ 팁 Tip ◆

물을 좋아하고, 줄기를 잘라주면 풍성해지며
더 많은 꽃을 보여준다.
꺾꽂이와 물꽂이로 번식이 잘된다.

꼬마 인형 같은 후쿠시아

물질문명이 발달하면서 진화하듯
꽃들의 진화도 버금간다.
늘어나는 개량종 덕분에 꽃을 좋아하는
사람들은 희귀한 꽃들과 마주하며
행복감에 젖는다.

무슨 꽃이 나왔나 궁금하여 매주 오는
이동꽃집에 갔다가 뜻밖의 정보도 얻고,
새로 나온 꽃들과 교감하며 힐링의

시간을 보낸다.

들여다볼수록 신비한 꽃이 호기심을 자극한다.
귀부인의 귀걸이가 연상되고, 발레복 입은
꼬마 인형 같기도 하며 마치 짧은 치마와
색이 다른 속치마를 입은 듯 보이는 꽃은
일본 지명이 먼저 떠오르는 '후쿠시아'였다.

빨강 꽃받침과 보라색 꽃 사이로 삐친 수술의
조화가 마스코트처럼 예뻐 중화분에 나앉은
넝쿨성 관엽식물 후쿠시아를 들여놓았다.

열매처럼 주렁주렁 매달린 이중 색깔의 꽃들이
볼수록 신기하다.
그처럼 예쁜 꽃을 어떻게 교배하여 개량했을까.
지구촌에 2,000종이 넘는 개량품종이 있다니
놀라울 뿐이다.

꽃받침과 꽃이 같은 색, 다른 색도 있고,
홑꽃과 겹꽃이 있으며 보라색, 주홍색, 붉은색,

연보라색, 분홍색, 흰색 등 꽃 색깔과 주름진 꽃(겹꽃)
모양에 따라 이름도 다양하다.

'선물'이란 갖고는 싶은데 내 돈 주고 사기엔
선뜻 내키지 않는 것을 받으면 기분이 좋다.
'선물'이란 꽃말처럼 후쿠시아를 종류별로
선물 받는다면 오래오래 행복할 것 같다.

◆ 팁 Tip ◆

햇빛을 좋아하나 과습엔 약하다.
계절 타지 않고 연중 꽃을 보여주고,
꺾꽂이로 번식이 가능하며 벽걸이용과
외목대로 키울 수 있다.

쌍둥이처럼 닮은 모란과 작약

눈부신 5월의 햇살 아래 화사한 자태를
뽐내는 수많은 꽃 중에서 어떤 꽃이 으뜸일까.
취향에 따라 선호하는 꽃이 있기 마련이지만
이구동성으로 예찬하는 꽃은 모란이 아닐까.

목단이라고 불리는 모란은 '화중지왕'이며
'부귀화'라 하여 예술인들이 시와 그림으로
승화시켜 더 많은 사랑을 받게 된 것은
아닐까.

모란과 작약은 서로 쌍둥이처럼 닮았다.
개화 시기며 이파리와 탐스러운 꽃송이까지
비슷하여 구분하기란 쉽지 않다.

모란은 1~2m까지 자라는 나무로,
봄이 되면 잎이 나고 화사한 꽃을 선보이며
대개 향이 없는 것으로 오해하지만, 향기와
열매가 있으며 뿌리껍질인 목단피는 약재로
쓰인다.

'수줍음, 부끄러움'의 작약은 여러해살이라
꽃이 피고 열매 맺은 후에는 사그라지고
뿌리만 남았다가 봄이 되면 새싹이 움트며
1m까지 자란다.

탐스럽게 피는 꽃을 보기 위해 구획 재배하고
뿌리는 약용으로, 이파리는 염료용으로 사용할
만치 유용한 작물이라는 것을 최근에야 알았다.

모란을 예쁜 꽃으로 품종 개량하기 위해서는

접목용 작약이 필요하다니 서로 닮을 수밖에….

◆ **팁 Tip** ◆

베란다에서는 꽃 보기가 힘들고
노지에서 더 잘 자란다.

5부

작은
꽃 이야기

매일 한 송이씩 피는 일일초

어느 여름날, 친정집 대문을 열자 꽃들이 반겼다.
무릎 높이로 올라온 꽃들은 정원의 가장자리도 부족한 듯
마당의 보도블록과 현관 계단 사이사이를 비집고 나와
해바라기하며 출렁거렸다.

엄마는 이름도 모르고 그 꽃 사이를 오가며 행복해했다.
꽃이라면 지나치지 못하는 편이라 몇 그루를 뽑아다가
시댁에도 심고, 어린싹 몇 개는 가져와 화분의 빈 곳에
심었다.

매일 한 송이씩 피어 붙여진 이름이 일일초,
남의집살이하는 어린 일일초를 독립시켰더니
쑥쑥 자라서 쉼 없이 꽃을 피웠다.

한해살이라 스러질 줄 알았던 일일초가 다른 화초들
사이에서 한겨울을 굳건하게 버티며 계절 타지 않고
'우정'을 보여주더니 봄이 되자 줄기에서 새순이 나왔다.

길게 자란 일일초를 잘라 모체 옆에 꽂고,
마른 가지는 잘라서 물에 담갔더니 언제부터인가
뿌리가 보인다.
일일초도 물꽂이, 꺾꽂이가 되다니 신기하다.

응당 그럴 것이라고 단정 짓고 쉽게 결론 내리는
인간들에게 생명이 있는 모든 것은 환경에 따라
진화할 수 있음을 가르쳐 준다.

업둥이 옥살리스

잎이 하트 모양이라 사랑초, 러브초로 불리는
옥살리스, 이파리가 넓고 꽃 색깔과 크기만
다를 뿐 샛노란 꽃을 피우는 괭이밥과 닮았다.

화초들을 사서 키우다 보면 뜻하지 않게
새 식구를 만나기도 한다.
사들인 화분의 흙 속에 묻혔던 씨가 발아하여
환경만 맞으면 풍성하게 자라 예쁜 꽃을 보여준다.

그렇게 만난 업둥이 옥살리스는 주연에도 잘
어울리고 큰 나무의 조연으로도 손색이 없으며
부활의 명수라 잠잠하다가도 여기저기서 생명체를
드러낸다.

독립시킬 요량으로 뿌리 깊게 박힌 옥살리스를
긴 핀셋으로 뿌리째 파서 빈 화분에 옮겼더니
제법 풍성해지고 선명한 분홍 꽃이 우후죽순처럼
나오고 있다.

날이 흐리거나 저녁이 되면 토끼풀 닮은 잎이
나비 날개 접듯 하나로 겹쳤다가 날이 밝거나
해가 쨍쨍하면 잎을 활짝 펼친다.

밤이면 잎이 하나로 되었다가 낮이 되면
헤어지는 특성이 '사랑초'로 불리게 했나.

관상용으로 인기가 좋아 개량품종도 많고
주황, 분홍, 자주, 흰색 등 꽃 색깔에 따라
이름도 다양하다.

이름과 달리 '당신을 버리지 않을게요.

당신을 끝까지 지켜줄게요'라니

어디 한번 믿어볼까.

낮달맞이꽃,
무리 지어야 더 아름답다

시골 어느 식당의 화단에 소담스럽게 핀

화사한 꽃이 예뻐서 몇 뿌리 얻어다 심어놓고

찾은 이름은 '낮달맞이꽃'이었다.

낮달맞이꽃은 밤에만 피는 향기 좋은 달맞이꽃과

달라서 밤낮 가리지 않고 꽃을 피운다.

모닥모닥 피어야 제격이고, 번식력이 강해서

뿌리와 씨앗으로 영역을 넓혀간다.

노랑 색깔이 선명한 황금낮달맞이꽃과
분홍색의 낮달맞이꽃들이 시골 담장 밑에서
하늘거리며 진한 향기로 오가는 행인들의
시선을 붙잡는다.

시댁 당숙모가 맘껏 가져가라고 해서 한 아름
캐다가 친정과 시댁 앞마당에 심어놓고, 한 움큼은
집으로 가져와 화분에 심었다.

시골에서 올라오는 동안 몸살을 하며 말라버린
꽃이 과연 살아줄 것인지 화분에 심어놓고
날만 새면 들여다보며 정성으로 돌봤더니
맺었던 꽃망울이 벙글어지기 시작했다.

꽃망울이 매달린 말라비틀어진 줄기도
혹시나 하고 잘라 유리컵에 담가 놨다.
일주일이 되었을 때 유리컵 속에서 꽃들이
활짝 피기 시작하고 가느다란 뿌리가 보였다.

아, 생명이 있었구나.

'무언의 사랑'이 보여준 경이로운
생명의 신비에 감탄사가 절로 나온다.

◆ 팁 Tip ◆

원산지가 아메리카지만 각광 받는 귀화식물로
베란다에서는 웃자라 적합하지 않다.
삽목, 물꽂이가 잘되고, 노지에서는 뿌리가
쭉쭉 뻗어 강한 번식력을 보여주며 은은한
향기가 매력이다.

독특한 향의 구몬초

우연히 들어간 어느 카페에서 만난 구몬초,
햇살 가득한 창가에 한가득 피어 있는 꽃이 예뻐서
가까이 가서 만져보니 짙은 향내가 코를 자극했다.

그때 처음 접한 구몬초의 가지 하나 얻어다가
키우기 시작했다.
잎과 줄기에서 나오는 독특한 향은 벌레와 모기
퇴치에 유용하다 해서 키우는 분들이 많지만,
모든 허브가 그렇듯 관리는 쉽지 않다.

햇빛이 너무 부족하면 웃자라고, 물이 부족하면
말라버리며 과습하면 쉽게 썩어버려 안타깝게 하는
'로즈제라늄'이라고 하는 구몬초,

몇 번이나 실패하고, 화초 키우기 수십 년이 지난
지금은 어느 정도 경험이 쌓여 다시 들여놓고
꽃을 보는 중이다.

물은 흙이 말랐을 때 흠뻑 주고, 웃자라면
가지치기로 수형도 잡고, 삽목하여 갯수도
늘리며 '행복'을 전달받다 보니 어느덧
목질화되어 키우기가 훨씬 수월해졌다.

소품이던 구몬초가 대품으로 자라며 식구까지
늘려놔 보람 있고, 손으로 한 번씩 스쳐 퍼져
나오는 향기로 정화하며 심신을 달랜다.

♦ **팁** Tip ♦

이집트가 원산지이며 특이한 향은 화장품 재료와
식용, 목욕재 등 다양하게 이용되고 있다.

천리향, 향기가 천 리까지

향기가 천 리까지 퍼진다는 풍설이 호기심을
부채질해 서향나무로도 불리는 천리향
두 그루를 들였다.

나무는 큰 키보다 수령을 말해주는 굵기를
보고 사야 하는데, 인터넷 구입은 마음대로
고를 수 없어 불편하다.

랜덤으로 받은 두 그루가 땅다리와 꺽다리다.

소품의 두 배인 큰 나무는 그만큼 값을 하리라
믿고 기대하며 꽃이 피길 기다렸다.

작은 천리향은 이미 1월부터 꽃망울을
다닥다닥 달고 나와 2월 초순부터 두상꽃차례로
형성된 꽃이 하나씩 피기 시작하더니 3월이 되자
기다렸다는 듯 진분홍빛으로 물들이며 온 집안에
'명예와 불멸'의 향기를 뿌렸다.

한데 큰 천리향은 꽃망울의 기미는 보이지 않고
새순이 꽃처럼 올라오고 있다.
왜일까 되짚으니 가지치기한 것이 화근이었다.
손타지 않은 작은 천리향은 저토록 예쁜 꽃을
보이며 향기를 맘껏 발산하는데….

현관에 들어서면 향기 있는 사람이 되라는 듯
향기로 맞아주며 누구나 실수는 있기 마련이니
기분 전환하라고 속삭이는 것 같다.

목마가렛, 자를수록 더 풍성해지다

가드닝 유튜버들이 보여주는 외목대 목마가렛의
유혹에 말려들어 4개의 소품을 들여놓고
흉내 내다가 둘은 잃어버리고, 남은 둘은 성공하여
꽃을 보니 뿌듯하다.

청초하게 핀 흰 목마가렛과 노란 목마가렛이
어느덧 목질화가 되고 있다.
그만큼 관리하기가 쉬워졌다는 신호다.

햇빛과 물을 제일 좋아하는 목마가렛은
수시로 물 달라고 보챈다.
조금만 늦으면 시들시들 죽은 시늉하다가
물을 듬뿍 주면 금세 헤헤거리며 되살아난다.

일조량이 넉넉한 곳에 두고 피고 지는 꽃대와
순 자르기, 옆에서 돋아나는 새순을 잘라주며
관리한 보람이 눈앞에 나타난다.

풍성해진 몸체에 '진실한 사랑, 마음속에 감춘 사랑'을
품고 더 단단해진 줄기로 많은 순을 내며 꽃으로
화답하는 목마가렛이 볼수록 신통하고 고맙다.

◆ 팁 Tip ◆

물을 좋아하고 삽목으로 번식하며 꽃대와 순집기 하면
더 풍성해지고 많은 꽃이 핀다.

입술 닮은 핫립세이지

꽃은 보기만 해도 즐겁다.
화창한 봄날, 장터 이동꽃집에서 구경하는데
눈길을 잡아끄는 화초가 있었다.

처음 보는 꽃은 가냘픈 줄기들이 빼곡하게 모여
풍성해 보였으며 윗부분으로 올라가면서 핀
특이한 꽃들이 구매 욕구를 부추겼다.

꽃이 입술을 닮았다 해서 붙여진 이름,

핫립세이지를 기쁜 마음으로 들여와 확장된
거실 창 사이에 두었다.

좁은 공간에서 잠깐씩 들어오는 햇살을 받으며
보채지 않고 하염없이 꽃을 보여주던 핫립세이지는
닿기만 해도 잎에서 진한 향이 퍼져 나왔다.

일하다가 눈이 피곤하면 핫립세이지 앞에 가서
손바닥으로 건드리며 아는 체한다.
그러면 알았다는 듯 향기가 솔솔 뿜어 나와
금세 기분 전환을 시켜준다.

꽃 색깔에 따라 삼색 꽃의 트리컬러세이지,
체리 향의 체리세이지, 잎 둘레가 금색 무늬인
골든세이지, 보라색의 퍼플세이지, 파인애플 향의
파인애플세이지 등 닮은 듯 다른 우리네 형제자매처럼
그 종류도 다양하다.

꺾꽂이, 물꽂이로 번식이 잘되고, 물을 좋아하는
세이지가 아파트 베란다에서 잘 자라며 수시로

앙증맞은 꽃을 보여주니 더할 수 없이 좋다.

♦ **팁 Tip** ♦

'세이지'는 '치료하다, 건강하다'는 뜻의 허브이다 보니
꽃말도 '장수, 건강, 믿음'이고, 핫립세이지도 말린 잎은
신경계와 소화 계통의 약용과 향료로 사용한다.

6부

큰 나무들의
이야기

'동백 아가씨'가 떠오르는

늦가을 기온이 떨어지면서 초록 이파리에
윤기가 흐르고 자잘하게 매달린 꽃망울들이 부풀더니
속살을 살포시 드러내기에 12월엔 동백꽃을 볼 수
있으리라 기대했건만, 완전히 개화하기도 전에
맥없이 툭툭 떨어진다.

물과 영양이 부족했나 싶어 물을 듬뿍 주고,
흙 위에 화초용 비료도 얹어주며 틈틈이 상태를
살피니 가지에 매달린 꽃망울들이 조금씩 부풀리며

때를 기다리는 것처럼 보인다.

개화기를 아는 듯….

새해가 되자 동백꽃은 계속되는 영하의 날씨 속에서
제철을 만난 듯 붉은빛에 샛노란 수술을 보이며
하나, 둘씩 피기 시작했다.

나의 조급성을 나무라며 모든 것은 다 때가 있다는걸
알려준 동백꽃은 명가수가 애절하게 부르던 「동백 아가씨」와
알렉상드르 뒤마의 『춘희(동백 아가씨)』를 떠오르게 한다.

동백꽃을 좋아하는 화류계의 여인 마르그리트 고티에는
한 달 중 25일은 흰 동백꽃을, 5일은 붉은 동백꽃을
들고 다닌다 해서 붙여진 별명이 '동백 아가씨'다.

전도가 유망한 명문가의 젊은 청년 아르망과 연상이며
폐병을 앓고 있는 천한 화류계 여인과의 사랑이 비극으로
끝나 안타까웠던 문학 작품 속의 여인과 함께 가슴 깊이
아로새겨진 동백꽃,

우리 가요의 「동백 아가씨」 가사가 마치 화류계의 여인
마르그리트 고티에를 대변해 주듯 아프게 전해온다.

한겨울의 베란다를 풍성한 꽃으로 환히 밝혀주고 있는
동백꽃을 보노라니 「동백 아가씨」가 저절로 흥얼거려진다.

◆ **팁 Tip** ◆

모든 식물은 환경이 열악하면 더 많은 꽃망울과
열매로 종족 번식과 살고자 하는 욕구를 표현한다.
그래서 꽃이 너무 많이 달린 화초는 상태가
좋지 않음의 증표일 수 있다.

대나무 닮은
세이브리지야자

대나무를 닮아 대나무야자라고도 불리는
세이브리지야자가 우리 집에 온 지 20년이
넘었다.

추위도 아랑곳하지 않고 빛이 부족한 현관에서
오가는 손님, 맞이하고 배웅하며 풍경 소리
노래 삼아 날씬하게 잘 자랐다.

창문에 수묵화처럼 그림자를 드리우고

막내아들 방을 넘보던 세이브리지야자가
초등학생이던 아들이 중학생이 되고,
고등학생이 되고, 대학생이 된 것을 지켜보더니
환경의 변화가 싫었던가.

이사하고 큰 화분을 둘 데가 없어 사무실로
옮긴 지 2년, 곧 죽을 것 같다기에 당장 가서
고사 직전의 세이브리지야자를 다시 집으로
데려왔다.

함께한 세월이 얼마인데 그대로 떠나버린다면
무척 속상할 것 같아 온 신경을 써서 관리했더니
고맙다는 듯 새잎이 끊임없이 올라왔다.

이전처럼 제법 풍성해지고, 밑둥지에서 나온
새끼들도 엄마의 훈김으로 잘 자라며
'마음에 평화'를 안겨주고 있다.

개화기가 긴 여름꽃, 배롱나무

외국에서 온 친지와 함께 찾았던 담양 명옥헌 원림,
한여름의 무더위도 아랑곳하지 않고 붉은 꽃을
쉼 없이 보여줬다.

개화기가 길어 예부터 정원수와 조경수로 심어온
'부귀'의 상징, 배롱나무는 역사가 오래된 고택이나
서원, 향교, 사찰 등에서 아름드리나무들을 만날 수 있다.

담양의 명옥헌 원림의 배롱나무도 그중의 하나로

입소문이 나 많은 사람이 찾고 있다.

유년 시절, 친구들과 동산에 모여 껍질이 매끄러운
나무를 손으로 간지럼 태워 흔들거리는 걸 보며
무척 신기했던 간지럼나무, 목백일홍, 양반나무,
자미목, 백양수 등 불리는 이름도 다양한 배롱나무는
귀신 쫓는 나무라 하여 산소 주변에도 심었던 모양이다.

해마다 여름이면 산책로를 환하게 장식해 주던
배롱나무를 집에서도 키울 수 있을까 궁금했는데,
묘목을 판매하는 곳이 있었다.

덕분에 어린 배롱나무 한 그루 들여놓고
가녀린 가지에서 붉은 꽃이 원추꽃차례로 피는
모습을 보니 신통하다.

가을에 전지하여 큰 화분으로 옮겼는데 말없이
자라며 올해도 어김없이 붉은 꽃으로 화답하고
있으니 참 고맙다.

무궁화와 동종, 히비스커스

덴마크 무궁화라 불리는 히비스커스를 들여놓은 지
얼마 되지 않아 크고 선명한 붉은 꽃이 피기 시작했다.
우리의 무궁화와 동종이어서 어딘지 모르게 친근감이 간다.

커다란 꽃 속에 암술과 수술이 확연히 보여 개량이 쉬웠던가.
빨강, 노랑, 주황, 분홍, 보라색이 선명하여 보는 즐거움까지
있다 보니 원예작물로 인기가 많아 여러 나라에서 재배되고
있는 모양이다.

그 덕에 햇빛과 물을 좋아하고, 꺾꽂이, 접목, 휘목이 가능한
덴마크 무궁화가 우리 집에서도 빛을 발하고 있지만….

'남몰래 간직한 사랑'은 짝사랑을 의미하는 것인가.
살짝만 닿아도 꽃이 툭툭 떨어져 가까이하기가
조심스러운 히비스커스,

베란다 정원의 한가운데서 탐스러운 자태로 눈길을 끄는
모양을 보니 세계 각국에서 선호하는 이유를 알겠다.

✦ 팁 Tip ✦

비타민 C, 미네랄, 항산화 물질 함유, 노화 방지,
원기 회복, 심혈관질환에 효능이 있어 유럽과
동남아에서는 차와 디저트, 각종 음식과 화장품 재료로
사용해 온 역사가 길다.

겨레의 꽃, 무궁화

딸과 함께 찾은 천리포수목원 에코힐링센터의
넓은 정원에서 만난 겨레의 꽃 수십 종

백조, 한사랑, 새빛, 신태양, 화랑, 청조, 한보람, 단심,

백단심, 한마음, 아사달, 소월, 춘향, 우정, 파랑새,

칠보아사달, 옥토끼, 한얼단심, 평화, 통일, 수줍어,

홍화랑, 내사랑, 늘사랑, 자배 등

70여 개의 이름표를 달고서 7월의 무더위가

무색할 정도로 만발하여 '섬세한 아름다움, 일편단심,
은근과 끈기'의 자태를 뽐내고 있었다.

이른 아침에 피기 시작하여 한여름을 견뎌내는 인내,
석 달 열흘 동안 피고 지는 끈기,
화려하지는 않지만 은은함이 풍기는 은근미가
우리 민족을 닮았다 해서 겨레의 꽃이 된 무궁화에
관심이 가기 시작했다.

몇십 년 동안 시골집의 울타리로 자라며
여름 내내 선명한 꽃을 보여줘도 무심했던 무궁화,

시어머니는 시골에 갈 때마다 흰 꽃이 중풍 예방에
좋다고 끓여서 아들에게만 한 대접씩 주시곤 했다.
중풍이 며느리라고 피해 갈 일도 없건만….

무궁화를 베란다에서 키우고자 시골에서 한 뿌리
가져와 화분에 앉혔더니 새잎을 보이며 제법 잘
자라기에 꽃도 볼 수 있겠다 싶어 기대했다.

그런데 진딧물이 까맣게 끼어 기진맥진했다
약을 치며 관리하다가 도저히 감당이 안 돼
1층 화단에 옮겨 심었던 것인데 적응하지 못하고
떠나버렸다.

원적지에 그대로 둘 것을 욕심으로 가져와 죽게 했나.
후회막급이었고, 시골집의 무궁화 울타리를 볼 때마다
반성하게 된다.

◆ 팁 Tip ◆

꺾꽂이, 물꽂이가 잘되나 진딧물이 많이 꼬여
베란다에서 키우기엔 무리다.

시골집 과실수

다람쥐가 열매만 보면 땅속에 묻듯 씨만 보면
화분에 묻는 버릇이 생긴 지 오래다.

복숭아, 사과, 배, 살구, 자두, 체리, 밤, 아보카도,
횟감에 묻어온 레몬 조각에서 나온 씨까지….
맛있다 싶으면 무조건 화분에 심어놓고 곧 잊어버린다.

땅속에 묻힌 씨들은 나올 때를 아는 듯 봄이 되면
여기저기서 어린싹을 내밀며 존재를 알린다.

기대 없이 심었기 때문에 이름표가 없어 누구의 씨인지
모를 때가 종종 있다.

그렇게 해서 얻은 밤과 자두, 복숭아를 작은 화분에서
1, 2년 키우다가 시골집 대문간과 텃밭 언저리에
옮겨 심었다.

어린 과실수는 시골의 맑은 햇살과 바람, 영양이 풍부한
흙이 고맙다는 듯 콩나물처럼 쑥쑥 자라며 나이테를
더하더니 어느덧 꽃을 피우고 많은 열매로 보답한다.

대문 밖의 밤나무는 아름드리 되면서 제사상에 올릴 만큼
토실한 알밤을 선사했고, 자두 역시 수많은 꽃과 열매로
인근의 새들까지 불러들였으며 시어머니는 약 치지 않아
못생긴 자줏빛 자두를 달게 잡수셨다.

복숭아의 어린나무도 울타리 아래에 심어놓고 잊었는데
어느 날 보니 아름드리로 자란 모습이 눈에 띄었다.
언제 저렇게 자랐나, 내심 감탄하고 있는데 우리 텃밭을
일구는 당숙모가 해마다 맛있는 복숭아를 따 먹었다고

반가운 소식을 전했다.

노모를 뵙기 위해 매달 내려가는 날짜와 개화 시기가
맞지 않아 꽃이 예쁜 복숭아와 자두꽃 보기는 좀처럼
쉽지 않다.

시골집 과실수들은 아름드리로 자라며 나이테를
보태고 우리도 그들과 함께 오는 세월을 먹으며
익어가고 있다.

◆ 팁 Tip ◆

사과, 배, 레몬 씨는 껍질이 얇아 움트기가
수월하지만, 복숭아, 자두, 체리, 애플망고처럼
껍데기가 단단한 과일은 싹 내기가 어렵다.
단단한 껍데기를 깨트려 그 안의 연한 씨를
심으면 쉽게 발아한다.

7부

초록 잎이
예쁜 아이들

잎맥이 돋보이는 산호수

초록 잎이 싱싱한 산호수는 보는 것만으로도 즐겁다.
잎맥이 선명하고 윤이 반질반질한 산호수가 주인공을
빛내기 위해 조연으로 자리하고 있는 걸 독립시켰다.

'용감, 총명'의 산호수는 주인공으로 등극시켜 줘
고맙다는 듯 쑥쑥 잘 자라더니 앙증맞게 작은 별
모양의 흰 꽃들을 보여줬다.

가을이 되자 붓으로 열심히 인공 수정해 준 보람이

나타나 초록 잎 사이로 구슬 같은 빨간 열매가
주렁주렁 매달려 보석처럼 빛나고 있다.

공기정화식물 스킨답서스

참 오랜 세월 함께하면서도 있는 듯 없는 듯
잘 자라는 반음지, 공기정화식물인 스킨답서스,
햇살 좋은 날이면 해바라기하도록 베란다에
내놓고 물을 듬뿍 주곤 했더니 반질거리는
연초록 새잎을 보여주며 잘 자란다.

삽목이 잘되고 수경재배도 가능하여
풍성한 줄기를 잘라 크리스털 화병에
한 아름 넣고 물을 부으니 건조한 방에서

가습기 역할을 톡톡히 한다.

또 뻗어가는 줄기를 잘라 도자기 호리병에
물꽂이를 한 뒤, 빨간 장미 조화 하나를 꽂았더니
아주 멋진 작품이 되었다.

'우아한 심성과 다시 찾은 행복'만큼이나
세계인들이 선호하여 가정이나 사무실, 쇼핑몰,
심지어 수족관에도 이용되고 있다.

덩굴성 스킨답서스를 화분에 풍성하게 키우며
쑥쑥 자라는 줄기로 삽목하여 지기들에게
선물할 때면 마음도 풍성해진다.

◆ 팁 Tip ◆

원산지인 솔로몬군도, 인도네시아와 관계없이
어디서나 순둥이처럼 잘 자란다.

파키라와 함께한
긴 세월

출판기념으로 선물 받은 파키라와 함께한 세월이 길다.
2004년 봄에 새끼손가락 굵기의 아기로 와서 제법 틀을
잡고 자라는 공기정화식물 파키라는 물을 좋아하는
열대식물이라 추위엔 약하다.

멋모르고 일찌감치 베란다로 내놓았더니 금세 잎이
노랗게 변해 죽어가는 것을 안으로 들여놓고 보살폈더니
새순이 나오기 시작했다.

다른 화초들은 이른 봄부터 베란다에서 빛을 받으며
적응하지만, 아기 파키라는 오랫동안 거실에서
지내다가 완연한 봄이 되어서야 햇빛을 보게 했다.

볼록한 줄기 3개를 꼬아놓은 상태로 자라는 파키라가
볼품없이 웃자라기에 우듬지를 잘랐더니 옆에서 새순이
나와 풍성해졌다.

기다리지 않아도 오는 세월은 '행운'의 파키라가
팔목만큼 자라도록 나이테를 더해주고, 인연도 길게
이어오고 있어 애착이 남다르다.

어쩌다 잘못 건드려 떨어진 잎을 혹시나 해서 물컵에
담가놨더니 뿌리가 나왔다.
번식법을 확실히 알았으니 식구를 늘려 나눔을 해야겠다.

◆ 팁 Tip ◆

추위에 약해서 겨울엔 실내로 들여놔야 하고,
삽목, 물꽂이는 잘되나 과습엔 약해 주의가 필요하다.

마음의 평화,
테이블야자

반음지 식물이라 아파트에서 키우기 좋고,
공기정화식물로 사랑을 많이 받고 있지만,
어린 테이블야자는 대부분 선물용 대형 화분의
주인공을 장식하는 보조 역할에 더 많이 쓰인다.

큰 화분의 조연으로 들어온 테이블야자를 한데 모아
한 화분에 심었더니 어엿한 독립화초로 당당하게
자리 잡고 하루가 다르게 자라며 싱그러운 초록 잎을
보여준다.

화초도 우리네 인간처럼 환경의 영향을 많이 받아
조건이 좋고 관심과 사랑으로 보살피면 새순이
쉼 없이 올라오며 '마음의 평화'를 안겨준다.

책상 위에 놓고 키운다고 해서 붙여진 이름의
'테이블야자'가 제법 틀을 잡고 튼실하게 자라며
노란 열매와 금세 초록 물이 들 것 같은 선명한
잎으로 눈의 피로를 일시에 거두어 간다.

◆ **팁 Tip** ◆

원산지가 맥시코, 브라질, 과테말라로 잎 보기 식물인
테이블야자는 물을 좋아하는 음지 식물로 수경재배가
잘돼 건조한 실내에서 가습기 역할을 충분히 해낸다.

율마, 삽목둥이가 대를 잇다

동영상으로 원예 공부하다가 토피어리로 된
율마의 매력에 빠져 작은 아이 하나 들여놓고 보니
투명한 연둣빛이 볼수록 예쁘고 향기도 좋다.

화초들이 늘어선 베란다의 맨 앞줄에 모셔놓고
외목대로 만들기 위해 전지가위를 들었다.
마치 전문가처럼 줄기 아래의 가지들을 잘라
촛불 모양으로 만들고, 잘라낸 가지들은
작은 화분에 심었다.

순집기를 해주면 더 예쁜 순이 나와 풍성해진다는
고수들의 가르침대로 손으로 잎끝을 따는데
솔솔 뿜어 나오는 향기가 온몸에 스며들어
기분이 상쾌했다.

'성실과 침착'의 율마는 공기정화에 좋고,
여러 모양으로 토피어리를 만들면 인테리어 효과가
있어 선호하는 식물이나 관리가 쉽지 않다.

베란다에서 한겨울을 잘 견뎌낸 율마가 봄이 되자
새순을 보이며 한동안 잘 자라기에 성공했나
싶었는데….

습도 유지와 통풍이 잘되는 해안이나 섬에서
잘 자라는 만큼 물과 통풍이 제일 중요한 것을
간과해 버렸나, 어린 것을 너무 자주 순집기 했나.

과습으로 곰팡이가 생겨 물 주기를 게을리했더니
잎이 누렇게 변하고 말라버려 들인 지 1년 만에
영영 떠나버렸다.

그나마 다행인 것은 모체 잃은 삽목둥이들이
식물 인큐베이터에서 귀여운 모습으로 아주 튼실하게
자라며 어미의 뒤를 이어가고 있음이다.

정성 들여 키우던 화초들이 떠날 때마다 마음이
스산해지고, 떠난 이들은 새삼 남은 이들의
소중함을 깨닫게 해준다.

◆ **팁** Tip ◆

햇빛과 물을 좋아하지만, 과습은 금물이다.

8부

다육이
이야기

천손초, 이파리 끝에 매달린 싹

왜 이름이 천손초인지는 키워보면 알게 된다.
이파리 둘레에 다닥다닥 붙어 있는 좁쌀 크기의
싹을 얻어다 뿌렸다.
어떤 모습으로 자랄지 궁금해하면서….

1년 만에 그 실체가 드러났다.
쑥쑥 올라오며 자라는 이파리에 민달팽이가
달라붙어 아주 맛있게 갉아 먹고 있었다.
밤에만 활동하는 민달팽이를 잡아 바깥세상으로

보내고 갉아 먹힌 이파리를 잘라 빈 화분에 버렸다.

낯가림 없이 잘 자란 천손초의 잎새 둘레가
심상치 않아 지켜보았더니 이파리 끝에 촘촘히
매달린 싹이 꽃처럼 귀엽고 예쁘다.

그렇다고 마냥 두면 공중 뿌리가 나오고
새싹이 자라면서 무거워지면 절로 떨어져 개체로
자라는 천손초, 자라기 전에 새싹들을 훑어 모체
아래에 뿌렸더니 그 수만큼 번식했다.

자손을 많이 번식하는 화초라 천손초인가.
꽃말도 '번성과 설렘'이다.

버려진 잎에서도 새끼들이 뿌리를 내리고 있다.
연어와 가시고기가 자식을 위해 헌신하듯
천손초도 남은 수분이 마를 때까지 새끼들에게
아낌없이 양분을 대주었다.

살신성인하는 어미의 뜻에 부응하기 위해

그 새끼들도 자리 잡고 앉아 어미의 길을
답습하고 있다.
역사를 이어가고 있는 우리네 인생처럼….

녹비단,
사랑을 전했더니

손가락 중지 굵기의 녹비단이 싱싱하게
잘 자라더니 추위에 맥을 못 추고 마른 잎을
떨어뜨려 거실로 들여놓았다.

우듬지만 무성한 아프리카 바오밥나무를
연상케 하는 다육이 녹비단은 살았다는 듯
밋밋한 기둥에서 움이 나왔다.

살아준 것도 고마운데 '재물 운과 행운'을

달고서 경쟁이라도 하듯 새 움들이 보였다.
사랑이 전달되었다는 신호다.

우리 인간들도 사랑이 부족하면 병이 든다.
애정 결핍은 인간성을 황폐하게 만들고,
관심과 배려는 영혼을 충만케 하며 깊은 병도
낫게 한다.
그러니 사랑하고 또 사랑하자.

◆ 팁 Tip ◆

모든 다육이가 그렇듯 다육이 자체가 수분이라
물 조절이 필요하고, 햇빛을 좋아하나 추위엔 약하다.

십이지권,
사랑 먹고 자란다

화초는 돈 주고 사는 것보다 줄기나 잎 하나
얻어다 뿌리 내려 키우는 재미가 더 크고,
누군가가 버린 죽어가는 화초를 주워 와
소생시킨 보람은 비견할 데 없는 성취감을
안겨준다.

그렇게 인연을 맺은 다육이 '십이지권'은
비실비실 살아날 것 같지 않더니 언제부터인가
생기가 보이기 시작했다.

그것도 고마운데 여기저기에 새끼를 달고서.

'풍부한 향기, 기대, 침묵'의 십이지권과
함께한 세월이 수년이고, 끊임없이 올라오는
새끼들은 지인들에게 나눔하고 있다.

식물도 사랑을 먹고 자란다.
정성껏 관리했을 때는 그 보람을 안겨주지만
조금만 소홀히 하면 금세 티가 나고,
하룻밤 사이에 말라 죽기도 한다.

관심과 사랑으로 보살피면 그만큼 잘 자라
보답하는 십이지권과 원원하고 있다.

◆ **팁 Tip** ◆

햇빛을 좋아하고 번식력이 강해 우후죽순처럼
나온 새끼를 떼어 독립시키기 수월하다.
다육이라고 해서 물 주기를 게을리하면
잎이 말라버린다.

장미허브, 향기로 보답하다

왜 장미허브일까?

모양을 보니 수긍이 가는 이름이다.

옹기종기 모여 앉은 폼이 초록색 장미들이

둘러앉은 모양새다.

번식도 잘해 잎이나 줄기를 꺾어 묻으면

새 가족이 들풀처럼 나온다.

풍성하던 장미허브가 빛이 고팠는지 꺽다리처럼

키만 부썩 키워 본연의 자태를 잃었다.
그래도 향기만은 그대로여서 빈약해진 이파리들을
손으로 한 번씩 스쳐 코끝에 대면 허브향이
온몸에 전달된다.

'나의 마음은 그대만이 아네'
향기를 맡아본 사람만 알 것이란 뜻인가.

기분 전환이 필요할 땐 장미허브 곁으로 가서
손바닥으로 감싸 퍼져 나오는 향기를 듬뿍 마신다.
이내 정신이 맑아지고 상쾌해진다.
장미허브에 손길이 자주 가는 이유다.

◆ 팁 Tip ◆

햇빛이 부족하면 웃자라 볼품이 없고,
꺾꽂이, 잎꽂이로 번식이 잘되며 외목대로
키우기도 한다.

자보, 재생의 기쁨이 되다

심폐 소생술로 생명을 지켜내듯 죽어가는
식물도 되살리는 일이 얼마나 뿌듯한지
경험해 본 사람만이 안다.

지인이 죽은 것 같다기에 갖다 달라고 해서
받아온 다육이 자보를 화분에 심어놓고 살피다가
겨울엔 제일 먼저 거실로 들여놓았다.

사랑을 듬뿍 받고 있다는 것을 알았는지

마른 잎에 생기가 돌더니 봄이 되면서는
싱싱하게 자라기 시작했다.

이주한 지 2년째부터는 새끼가 덧붙어 나왔다.
분가해도 될 만큼 자랐을 때, 다른 화분으로 옮기고
새끼들은 지인들에게 나눔을 했다.

자보의 원주인에게 잘 자란 자보를 선물했을 때는
보람과 기쁨이 전달되어 함께 행복했다.

자보는 여전히 종족을 번식하며 통통하게 자라
날렵한 꽃대까지 길게 뻗어가고 있다.
'행복과 기쁨, 나눔, 기다림'과 재생의 기쁨을
아는 듯이….

◆ 팁 Tip ◆

흙이 마르지 않게 물을 줘야 하며, 달고 나온
새끼들은 떼줘야 모체가 잘 자란다.

꽃기린, 과감하게 잘라줬더니

새끼손가락만 한 것을 사다가 기르기 시작한 지
참 오래된 다육이 꽃기린은 맨 위에서 잎이
나오고 꽃이 피며 자란다.

바로 그 꽃과 잎이 기린을 닮았다 해서
붙여진 이름이 '꽃기린'이다.

가시가 많은 것은 보호 본능일 테지만,
'고난의 깊이를 간직하다'의 의미처럼

예수님의 꽃으로 알려졌다.

다른 다육이에 비해 추위엔 강한 편이라
실내에 들여놓지 않아도 베란다에서 사철
꽃을 보여주며 씩씩하게 잘 자란다.

너무 날씬하게 자라는 걸, 망설이다가 중간
부분을 과감하게 잘라 단면이 마른 뒤,
모체 옆에 심었더니 몸살 없이 잘 크고 있다.
엄마 곁이라 알게 모르게 힘이 됐던 모양이다.

놀랍게도 잘린 모체에서 새순이 나와 좌우로
균형을 맞춰가며 자라고 살도 통통하게 오르더니
잎과 꽃이 보이기 시작한다.

멀대처럼 웃자라던 꽃기린의 풍성한 모양이
볼수록 신통하고, 모험 삼아 저질렀던 것인데
의외로 더 좋은 모습을 보여주니 뿌듯하다.

◆ 팁 Tip ◆

잘라 심기로 번식이 쉬우며 물은 흙이 말랐을 때
주면 되지만, 한겨울에 주는 물로 얼어 죽을 수
있으니 주의가 필요하다.

9부

꽃이 아름다운
난(蘭)과 구근 식물

학란, 자태는 학처럼, 향기는 잠깐!

워킹아이리스, 네오마리카 그라실리스, 부채붓꽃 등
다양한 이름으로 불리는 학란과 오랫동안 함께했다.

주인 따라다니며 옹색한 곳에서도, 빛이 부족한
곳에서도 굴하지 않고 꼿꼿하게 살며 아름다운
자태를 보여준 꽃.

길게 뻗어 나온 꽃대 끝에 상앗빛의 꽃망울이
뾰족뾰족 올라왔나 싶으면 금세 활짝 피어

매력적인 향기로 인사하고, 황급히 떠나는 꽃을
자세히 보면 아름답기 그지없다.

학이 날개를 편 듯한 상아색에 섬세하게 그린 것처럼
선명한 밤색 무늬와 보랏빛의 조화, 한가운데 솟은
흰 수술이 어우러져 마치 숲에 앉은 학을 연상시킨다.

아주 짧은 시간에 은은한 향기로 존재를 알리고
이내 꽃잎이 또르르 말리며 툭 떨어지는 학란은
같은 꽃대에서 꽃이 피고 지기를 몇 번이나 반복한 후,
꽃 진 자리에서 새끼 순이 자란다.

긴 꽃대 위에서 새끼가 잘 자라 무거워지면
아래로 축 늘어져 흙에 닿아 뿌리내리는 모습이
마치 걸어 다니는 것 같다 해서 붙여진 이름이
'워킹아이리스'다.

공중 뿌리내린 꽃대의 새끼를 잘라 독립시키면
실패 없이 번식하는 학란은 '고결함, 존귀한 사랑'을
보여주며 사시사철 무성한 초록 잎으로 눈의 피로를

말끔히 가시어 준다.

원산지가 멕시코, 브라질임에도 충분한 햇빛과
물만 마르지 않으면 해마다 예쁜 꽃을 보여준다.

향기 없는 호접란

친구가 생일 선물로 보내준 호접란이 한겨울인데도
지칠 줄 모르고 화사함을 뽐낸다.
자태가 그처럼 아름다운 꽃에 향기가 없어
아쉽지만 눈요기하며 사랑으로 살폈다.

지는 꽃은 떼어주고, 마른 줄기는 잘라내며 수시로
물을 듬뿍 줬더니, 동과 동 사이로 잠깐씩 들어오는
빛이 꽃 보기는 힘든 조건인데도 경이로운 모습으로
답례했다.

호접란은 꽃이 지더라도 꽃대를 그대로 두면
다시 꽃대가 나와 꽃망울이 맺는다는 전문가의
말대로 했더니 과연 새로운 꽃대가 꽃망울을
수없이 달고 나왔다.

가정에서는 좀처럼 만나기 힘든 화사한 꽃들이
무성하게 피어 아기 돌보듯 했던 그간의 노고를
잊게 한다.
그래서 번거롭긴 하지만 화초 키우는 재미가 있다.

화사하게 핀 호접란이 내게 말하는 것 같다.
"당신을 사랑합니다"

◆ 팁 Tip ◆

일조량이 충분하고 물만 마르지 않으면
베란다에서도 예쁜 꽃을 볼 수 있다.

개량종 백합

나리꽃으로 알려진 백합은 10여 종이 자생하여
알뿌리는 약용으로, 꽃은 화장수로 사용했으나
요즘은 개량종이 다양하게 나오면서 원예상품으로
더 인기가 있다.

개량종 덕분에 그림의 떡처럼 여기던 백합을
베란다에 들여놓고 개화하는 모습을 지켜보자니
태어날 아기 기다리듯 설렌다.

키가 큰 재래종과는 달리 짧은 키에 꽃망울이
버거울 정도로 맺어 염려스럽더니 나무처럼 단단한
줄기를 버팀목 삼아 여덟 송이가 차례로 피었다.

2개의 줄기에서 피고 지는 분홍색의 백합이
같은 색깔의 수국과 어우러져 베란다 정원을
향기로, 화사함으로 제법 오랫동안 장식했다.

선명하게 드러난 암수를 붓으로 인공 수정해 줬더니
열매까지 매달고 백합의 진면목을 여과 없이 보여줘
감상하는 즐거움이 배가되었다.

꽃이 진 자리에 맺은 열매가 탱글탱글하더니
계절을 아는 듯 익어갔다.
가을에 여문 씨를 따서 줄기 옆에 묻고,
노랗게 말라가는 줄기는 잘라줬다.

선망하던 '순결한 사랑, 변함없는 사랑'의 백합을
베란다에서 키우며 행복했다.
알뿌리가 건재하면 내년 봄에 다시 태어날 것이지만,

어미 곁에 묻은 씨앗이 과연 발아될지 기대된다.

◆ 팁 Tip ◆

베란다보다 노지에서 자라야 더 튼실하고,
꽃을 수정해서 열매 맺으면 구근에 무리가 간다.
꽃이 진 뒤, 구근을 캐서 말렸다가 신문지에 싸서
시원한 곳에 보관, 이듬해 심어야 다시 꽃을
볼 수 있다는 정보다.

봄바람에 일렁이는 수선화

청초한 수선화만 보면 나르시스라는 미소년이
호수에 비친 아름다운 제 모습을 사랑하다가
빠져 죽었다는 그리스 신화가 떠오른다.

자기 모습이 얼마나 예뻤으면 물속으로 뛰어들었을까.
소년이 죽은 자리에서 피어난 '자기애(自己愛)'의
수선화는 「닥터 지바고」의 한 장면을 상기시킨다.

볼셰비키 혁명으로 어수선한 도시를 떠나

시골 유리아틴 바로키노 별장에서 혹독한 겨울을
보내는 지바고 가족들,

유리창의 두꺼운 서릿발이 녹으며 봄소식을 알리고
봄바람에 일렁이는 노란 수선화밭에서 환희에 차
어쩔 줄 몰라 하던 지바고의 모습이 오랜 세월에도
지워지지 않고 선명하게 떠오른다.

시골집에서 울안과 대문 밖의 텃밭을 정리하던
남편이 불러 가보니 둔덕에 자리 잡고 꽃망울을
부풀리고 있는 수선화 한 무더기가 눈에 들어왔다.
웬 횡재인가 싶어 앞마당 꽃밭에 옮겨 심었다.

뒷집 당숙 댁에서 좁은 마당을 치우면서 버렸던
것인데 찌꺼기들 속에 수선화 알뿌리가 있었던
모양이다.

수선화는 아무도 봐주지 않는 밭 둔덕에서
한겨울을 이겨내고 내리쬐는 봄 햇살과 봄바람에
살을 찌우며 튼튼하게 자라고 있었다.

알뿌리만 건재하다면 그토록 좋아하는 수선화와
해마다 눈맞춤할 수 있을 것이다.

눈부신 아름다움의 아마릴리스

내소사 입구에서 사 온 알뿌리 3개를
큰 화분에 심은 지 한 달이 되었을 때
잎이 보이기 시작했다.

자세히 보니 잎 옆에 아기처럼 붙어
함께 올라오는 것은 튼튼한 꽃대였다.
2개는 꽃대를 달고 올라오는데 1개는 잎만
무성히 키우며 올라오고 있다.

그런데 잎만 키우고 있다는 생각은 오해였다.
양옆에 쌍둥이를 키우며 올라오느라고
힘이 들었던지 더디게 자랐다.

언제쯤 개화할까.
키다리 꽃대를 살피며 날씨가 추운 날에는
거실로 들여놓고 햇빛 따라 옮겨주었다.

정성에 보답이라도 하듯 붉은빛이 감도는
꽃봉오리가 배시시 열리고 있다.
분만하는 산모가 연상되는 아마릴리스의
개화 과정을 사진에 담은 지 7일,
산형꽃차례로 핀 네 송이가 드디어
우아한 자태를 드러냈다.

꽃말처럼 그야말로 '눈부신 아름다움'이다.
알뿌리를 심어놓고 관찰한 지 53일 만의 성과다.
은은한 향기와 자태가 확연한 붉은 꽃은
오랫동안 가족들에게 행복감을 안겨주었다.

쌍둥이 꽃대를 밀고 올라온 늦둥이도
바통을 이어 화사한 꽃으로 인사하며
오래오래 머물렀다.

화초는 정성 들이는 만큼 확실한 결과를
볼 수 있어 키우는 묘미가 있다.

◆ **팁 Tip** ◆

베란다에서는 웃자라기 때문에 반드시 꽃이 진 후,
잎은 잘라내고 구근을 캐서 3, 4일 말렸다가 서늘하게
보관해야 이듬해에 심었을 때 예쁜 꽃을 볼 수 있단다.

군자란과
20년을

지인한테 선물로 받은 군자란이 환경을
탓하지 않고 굳세게 잘 자라며 어느덧 20의
인연을 이어오고 있다.

주인 따라 이사 다니면서도 탈 나지 않고
봄이면 어김없이 보여준 선명한 주황 꽃에
향기까지 갖춘다면 생명력은 강하지 않을 테니
그저 함께하고 감상하는 것으로 만족한다.

눈부시게 화사한 꽃을 그냥 보내기 아까워
붓으로 인공 수정했더니 꽃이 떨어지고
열매가 굵어지며 영글어 가고 있다.

지난해에 맺었던 열매는 모체 아래에 묻고
호기심에 1개를 벗겨보니 마늘처럼
여러 쪽이 한데 모여 있다.

해마다 새로 돋는 외떡잎은 곧 수령이 되고,
맨 아랫잎을 잘라줘야 새잎이 잘 자라며
잎이 잘린 자국이 그대로 남아 있는 도톰한
줄기가 나이를 말해준다.

관상용으로만 키웠는데 비늘줄기는
약제로 쓰인다는 군자란이 다시 보인다.

오랜 기간 함께하면서 정들고 있는 군자란은
티 내지 않고 '우아함과 고귀함'을 간직한 채
조용히 자라고 있으니 과연 군자(君子)답다.

천변을 수놓은 노란 꽃창포

6월이면 산책로 천변에 늘어선 노란 꽃창포가

갈대와 어우러져 한 폭의 수채화를 그려내고,

잔잔한 물결에 어린 노란 꽃창포의 그늘에서

가마우지와 갈매기, 잉어들이 수채화에 한 컷을

보태며 노니는 모습을 본다.

노란 꽃창포의 '우아한 마음'에 빠져

가던 걸음 멈추고 안산천의 은결과

눈부시게 선명한 노란 꽃의 조화를

사진에 담는다.

부드러운 바람과 자연이 그려낸 사생화가
아름다운 영상 시화를 연출하고,
초록초록한 천변길에서 사생화를 복사하는
나만의 시간이 옹골차고 여유롭다.

◆ 팁 Tip ◆

단옷날 창포물에 머리 감는다는 붓꽃과의 창포는
주로 습지에서 자라지만, 품질 개량한 꽃이 큰
보라색, 진자주색, 노란색의 꽃창포는 관상용으로
각광받고 있다.

베란다 정원의
꽃들과 함께

시대의 흐름에 따라 호칭도 변하고 있다.

애완견이 반려견으로, 좋아서 키우는 식물도

반려식물이라며 가드닝 유튜버들이 많은

정보를 알려준다.

그러고 보니 꽃들과 눈맞춤하며 살아온
세월이 참 길다.

좁으면 좁은 대로, 넓으면 넓은 대로 베란다에
다양한 화초를 들여놓고 키우며 힐링했다.

화초도 농부의 발걸음 소리를 듣고 자라는
농작물 같다.
끊임없이 들락거리며 살펴야 한다.

폐쇄된 베란다에서 식물을 키우다 보면
자연환경인 노지와 다르게 곰팡이가 생기고,
진딧물과 노각충, 흰가루병이 생기기도 한다.

세심하게 살피며 약을 치고, 거름도 하고,
화분에 낙엽이나 낙화가 쌓이지 않도록 치워줘야
곰팡이나 벌레 발생을 예방할 수 있다.

또 가지치기와 분갈이도 제때에 해줘야 하고
물 주기도 제각각이라 철 따라 신경 써야

예쁜 꽃을 볼 수 있다.

화분에 앉은 화초는 둔 자리에 그대로 있어 관리가
수월한 편이지만, 햇빛을 골고루 받게 하려고 가끔
자리를 이동해 주고, 통풍은 필수라 수시로 창문도
열어준다.

인간과 달리 오랫동안 함께해도 상처받을 일이 없고,
불평도 없으며 관심과 사랑으로 정성을 다하면
싱싱하게 자라며 꽃으로 보답하기에 화초 키우는
수고를 마다하지 않는다.

컴퓨터 작업으로 눈이 피곤할 때면 초록 잎이
무성한 화초들과 눈을 맞춘다.
금세 눈의 피로가 가시고, 말없이 바라만 보아도
치유의 파장이 느껴지며 마음이 고요해진다.

오늘도 베란다 정원의 꽃들과 함께
건강한 하루를 시작한다.

꽃과
눈맞춤
하다

초판 1쇄 발행   2024. 10. 4.

지은이   매강 김미자
펴낸이   김병호
펴낸곳   주식회사 바른북스

편집진행   박하연
디자인   한채린

등록   2019년 4월 3일 제2019-000040호
주소   서울시 성동구 연무장5길 9-16, 301호 (성수동2가, 블루스톤타워)
대표전화   070-7857-9719 | **경영지원**   02-3409-9719 | **팩스**   070-7610-9820

•바른북스는 여러분의 다양한 아이디어와 원고 투고를 설레는 마음으로 기다리고 있습니다.

이메일   barunbooks21@naver.com | **원고투고**   barunbooks21@naver.com
홈페이지   www.barunbooks.com | **공식 블로그**   blog.naver.com/barunbooks7
공식 포스트   post.naver.com/barunbooks7 | **페이스북**   facebook.com/barunbooks7

ⓒ 매강 김미자, 2024
ISBN 979-11-7263-127-7 03810

*이 책은 한국예술인복지재단 예술활동준비금으로 발간되었습니다.